Zozo van Barkhussen

Der Terrorist in Dir
Kurzgeschichten aus der nahen Zukunft

AF191733

Zozo van Barkhussen

Der Terrorist in Dir

Kurzgeschichten
aus der nahen Zukunft

Dank an Jantje Zink

I Auflage

Taschenbuchausgabe 2009
Copyright © 2009 by Michael Wilker

Herstellung und Verlag:
Books on Demand GmbH, Norderstedt
ISBN 978-3-8391-0174-2
Illustration: Beate Ruppert

Umschlaggestaltung und Layout:
Monika Mahnke (www.monika-mahnke.de)

Inhaltsverzeichnis:

Fips der Spatz

Fips hatte es nie leicht gehabt. Zwar war er ein sehr kluger kleiner Spatz, aber bei der Rangelei um die besten Nistgelegenheiten hatte er stets den Kürzeren gezogen. Er war einfach nicht ganz so kräftig wie seine Artgenossen in den Gärten der Vorstadt, und es fehlte ihm der unbedingte Wille zum Erfolg. Er war kein Feigling, im Gegenteil, aber das ständige Angebergehabe, das laute Schimpfen und die ständigen Schaukämpfe der anderen Spatzen nervten ihn. „Schau, wie viel Futter ich habe, schau, mein schönes Nest, schau, meine Braut, und komm mir bloß nicht zu nahe", all dieses Spatzengehabe konnte er seit geraumer Zeit nicht mehr ertragen. Er mied zunehmend die Gesellschaft der anderen und weigerte sich, am ewigen Wettkampf um die besten Nistplätze teilzunehmen. Und so wurde die Lage seiner Behausung immer schlechter. An die noblen Plätze in den Vorstädten, wo es Futter im Überfluss gab, war schon seit langem nicht mehr zu denken. So waren Fips und seine Frau vor langer Zeit aufs Land gezogen und hatten ihr Nest in das hohe Heckengehölz neben einem Maisfeld gebaut. Eine Weile war es dort sehr schön gewesen, auch wenn es nicht so viel Futter gab wie in der Stadt. Aber Fips und seine schöne Frau

Lara waren genügsam, und im Rückblick erschienen ihnen die Jahre auf dem Land als ihre glücklichste Zeit. Zwei Mal hatten Fips und seine Frau sogar alle Eier ausbrüten können, und der gesamte Nachwuchs hatte überlebt. Aber dann kam der böse Tag, als im Frühsommer ein neues Pestizid auf die Maispflanzen gesprüht wurde. Der Wind stand ungünstig und trug die feinen Giftnebel in Richtung von Fips' Behausung. Lara vertrug das Pestizid nicht und wurde schwer krank.

Ein erneuter Umzug wurde fällig, aber alle halbwegs annehmbaren Nistplätze waren vergeben, und so blieb am Ende nur der schreckliche Ort im Gebüsch auf dem begrünten Mittelstreifen der Autobahn, irgendwo südöstlich von Berlin. Dort war es grauenvoll. Tosender Lärm den ganzen Tag und auch fast die ganze Nacht. Nur in den frühen Morgenstunden wurde es ein wenig stiller, so dass Fips die anderen Vögel singen hören konnte, während er und seine Frau in einen fiebrigen und wenig erholsamen Schlaf fielen. Am schlimmsten waren die Wintermonate, wenn die Autobahn feucht war und ständig feine Schlieren aus Reifenabrieb und Nässe Nest und Gefieder überzogen. Fips und Lara waren dann ständig erkältet und beide wussten, dass sie auf dem absteigenden Ast waren.

Im folgenden Frühjahr legte Lara unter Schmerzen zwei Eier, und die Brut war schwächlich.

Die Vogelkinder piepsten nur ganz leise, und Fips konnte nicht viel Futter herbeischaffen. Gelegentlich trieb er ein paar kleine Insekten auf, aber von fetten Maden oder nahrhaften Regenwürmern keine Spur. Manchmal fragte sich Fips, ob er überhaupt noch in der Lage war, mit einem richtig dicken Wurm im Schnabel abheben zu können, geschweige denn eine sichere Punktlandung am Nestrand hinzulegen. Außerdem war das Frühjahr kalt und Lara ging es nicht gut. Der Film aus Diesel, Abgasen und Reifenabrieb hatte ihrem Gefieder zugesetzt. Die Federn waren ausgedünnt, sie wärmten nicht mehr richtig. Außerdem verlor Lara viel Energie, wenn sie die Jungvögel unter ihre kleinen Fittiche nahm. Ein Bussard würde leichtes Spiel haben, denn ihre Reaktionszeiten für eine schnelle Flucht waren mittlerweile katastrophal. Die Bussarde hatten sie auch längst gesehen, sie griffen nur deshalb nicht an, weil sie sich vor den schnell fahrenden Autos fürchteten. „Wenigstens ein Gutes hat dieser schlimme Ort", dachte Fips, aber es tröstete ihn nicht, denn ganz offensichtlich war seine Familie dabei zu sterben. Zuerst würde es die schwächlichen Jungvögel treffen, dann seine Frau und dann ihn. Eine tote Spatzenfamilie auf dem Grünstreifen der Autobahn.

Im infernalischen Lärm des Feierabendverkehrs las Fips die Aufschriften auf den LKWs:

Homann-Spedition, Fruit-World-Wide, Paulaner Bier, alles was eben so auf den großen Planen der LKW-Anhänger stand. Fips gehörte zu den ganz wenigen Spatzen, die sehr gut lesen konnten, und insgeheim hatte Lara ihn deshalb geheiratet. Sie wusste, dass er nicht so stark war wie die Vorstadtspatzen, aber mit Fips konnte sie durch den Park fliegen, und er las ihr aus weggeworfenen Zeitungen vor, so lange, bis sie ebenfalls lesen konnte. „Was die Menschen alles für Zeug brauchen", dachte Fips, „und warum sie es ständig hin und herfahren?".

Wenn Fips den Lärm nicht mehr aushielt, verabschiedete er sich von seinen Lieben und flog eine Stunde fort. Nur fort von dem entsetzlichen Autobahnlärm. Er stieg dann hoch auf, für einen Spatz jedenfalls, sah in die Abendsonne, erwischte gelegentlich eine Fliege und ließ sich dann auf dem Betonei des großen Atomkraftwerks nieder. Von der Kuppel des Kraftwerks aus hatte er einen guten Überblick über die Landschaft. In der Ferne zog sich die Autobahn dahin, die er jetzt nicht mehr hören konnte. Die Kornfelder waren noch grün, so dass man sie von so hoch oben mit Wiesen verwechseln konnte. Fips tankte dort oben auf und konnte für eine Weile sein desolates Zuhause vergessen. Es war ihm, als spüre er die Kräfte, die bei der Spaltung des Urans freigesetzt wurden. Er fühlte sich dadurch aufgeladen und gekräftigt.

Wenn nur Lara hier sein könnte. Aber sie muss-te die Kleinen wärmen, so gut es ging. Lange Zeit betrachtete er die LKWs im Hof, wie sie rasch mit blauen Stahlfässern beladen wurden, dann überkam ihn ein schrecklicher Gedanke: Was, wenn Lara gar nicht mehr fliegen konnte? Wann hatte er sie zuletzt fliegen gesehen? Das war schon zwei Wochen her, und eigentlich war es auch kein richtiger Flug gewesen, sondern nur ein kurzer Hüpfer vom Nachbarbaum ins Nest. Und selbst das hatte sie erschöpft.

Vladim hatte seinen Job nur bekommen, weil er Krebs hatte. Lange Zeit war er arbeitslos gewe-sen, bei bester Gesundheit zwar, aber ohne Ar-beit und damit ohne Geld. Erst seit ein fortge-schrittener Tumor in der Leber diagnostiziert worden war, hatte er diesen außerordentlich guten Job bei der russischen Nuklearspedition bekommen. Sie nahmen überhaupt nur Krebs-kranke, was an ihrem Geschäftsmodell lag. Sie transportierten nämlich hoch angereichertes Uran aus einer französischen Aufbereitungsan-lage über Russland in den Iran. Die Iraner be-zahlten Unsummen für das Zeug, aber es war sehr schwierig, das Uran unbemerkt zu trans-portieren. Die russische Spedition war die ein-zige überhaupt, die solche Transporte erledigte, und sie hängte das nicht an die große Glocke. Sie verzichtete nämlich auf die vorgeschriebenen tonnenschweren Sicherheitsbehälter und transportierte das spaltbare Material einfach in völlig unzureichenden Stahlfässern durch ganz Europa und halb Asien. Unter den Fahrern hatte sich das herumgesprochen, und keiner wollte sich so einem Himmelfahrtskommando aussetzen. Die Fahrer zogen es dann vor, arm und arbeitslos, aber wenigstens gesund zu sein. Nur unheilbar Kranke, vor allem Krebskranke im vorletzten Stadium der Krankheit machten diese Jobs, weil sie nichts mehr zu verlieren hatten. Vladim bekam für so eine Fuhre, die zehn Tage dauerte, zehn Unzen Gold, von denen jede fast 20.000 Dollar wert war. Er erhielt die Hälfte des Goldes in Lyon und die verbleibende Hälfte in Teheran. Das Gold würde seinen Wert noch behalten, wenn er längst tot war, und Dollars, Euros und Rubel nichts mehr wert wären. Vladims Ziel bestand darin, genügend Goldmünzen zur Absicherung seiner Frau und für die Ausbildung seiner Kinder zusammenzubringen. Einen Teil würde er allerdings selbst verbrauchen, denn er plante, in einer Privatklinik unter der Aufsicht amerikanischer Ärzte mit einer Palliativchemotherapie zu sterben. Er würde keine Schmerzen haben, sondern sogar Glücksgefühle durch die verabreichten Morphine, auf dem Notebook würde er sich seine Lieblingsfilme ansehen und dazu etwas Wodka trinken. Seine Frau und die Kinder würden regelmäßig vorbeischauen und er würde sanft und ohne Schmerzen hinübergleiten. Dazu müsste er nur noch zwei, drei Male diesen Dreißigtonner von Lyon nach Teheran steuern, und er hätte ausgesorgt, jedenfalls für die kommenden 12 Monate. Und um mehr ging es nicht.

Vladim drehte die Anlage lauter. Bruckners achte Symphonie, voller Todesahnung und mit viel schwerem Blech. „Die Posaunen des jüngsten Gerichts", dachte Vladim und fühlte sich für jemand, der Krebs hat, gar nicht so schlecht. Bruckner, die endlose Autobahn und das regelmäßige Hin und Her der großen Wischblätter in diesem verregneten Frühling beruhigten ihn und lenkten seine Gedanken von der Krankheit fort: „In Russland werde ich noch Schnee sehen und in Teheran ist es dann schon richtig warm", dachte Vladim. Er liebte es, die sich langsam verändernden Klimazonen zu beobachten. Innerhalb weniger Tage fuhr er aus dem Winter in den Frühsommer, so als könne er mit seinem Dreißigtonner den Gang der Jahreszeiten beschleunigen.

Fips war zum Nest zurückgekehrt, und es hatte zu regnen begonnen. Feine Regenfäden weichten den Nestboden auf, einzelne Tropfen drangen bereits durch Laras Gefieder.

„Ich muss dich etwas fragen, Liebes", sagte Fips, „aber du musst ganz ehrlich sein."

„Gut", piepste Lara. Sie zitterte vor Kälte.

„Sag, kannst du noch fliegen, richtig fliegen?", fragte Fips sehr vorsichtig, denn er wusste, dass sich Lara über die Bedeutung seiner Frage im Klaren war.

„Nein, ich kann nicht mehr fliegen. Vielleicht noch bis zum nächsten Baum, aber ohne Nahrung und bei dieser Nässe kann ich nicht mehr aufsteigen."

Sie sahen sich sehr ernst an, dann bedeckte Fips ihre Flügel mit den seinen und er wärmte sie, so gut es ging. Es gelang im sogar, einen ziemlich großen, unvorsichtigen Käfer zu schnappen. Den gab er seiner Frau so, dass die Kinder nichts davon bemerkten.

„Liebes", sagte Fips zu seiner Frau, „ich fliege noch einmal raus, es kann länger dauern. Gib mir auf die Kleinen Acht." Und ganz zärtlich rieben sie ihre Schnäbel aneinander. Fips startete, und Lara, die sich ein wenig gewärmt hatte, verbarg ihr Köpfchen unter den Flügeln und schlief ein.

Vladim meditierte währenddessen am Steuer zu Bruckner und dem regelmäßigen Geräusch der Wischblätter. Fernfahrer beherrschen diesen Zustand zwischen Schlafen und Dösen, der es trotzdem noch erlaubt, das Steuerrad gerade zu halten.

Fips flog fünf Kilometer Autobahn aufwärts, dann stieg er auf, so hoch er konnte, und starrte auf den Lichterwurm, der sich durch die dämmrige Regenlandschaft schlängelte. Als er Vladims Atomlaster sah, wurde er aufgeregt. „Jetzt kommt es nur noch auf präzises Timing an, Timing ist jetzt alles, Baby, also vermassele es nicht." Genau zum rechten Zeitpunkt hörte er auf, mit den Flügeln zu schlagen und ließ sich wie ein Stein zu Boden fallen.

Vladim erwachte durch einen Schlag gegen die Windschutzscheibe aus seiner Brucknermeditation. Ein Geschmier aus Blut und Federn nahm ihm die Sicht, denn die Wischblätter verteilten Fips Überreste auf der gesamten Frontscheibe. In einer Reflexbewegung zog er am Hebel für die Wischanlage, doch das machte alles nur noch schlimmer: Weißer Schaum vermischte sich mit Blut, so dass Vladim fast blind steuern musste. Er versuchte, das Lenkrad ruhig zu halten, touchierte aber die mittlere Leitplanke und kam ins Schleudern. Zunächst schlitterte er nach rechts, dann prallte sein mit 30 Tonnen radioaktivem Material beladener LKW erneut gegen die Mittelplanke. Die war so berechnet, dass sie zwar den Anprall eines PKW aushalten konnte, aber der mächtige MAN-Diesel durchbrach sie mühelos. Vladims LKW gelangte auf die Gegenfahrbahn. Bruckners Blechbläsereinsatz konnte sich im jüngsten Gericht sofort bewähren, denn Vladim war auf der Stelle tot, genau wie der Fahrer des Tanklasters, mit dem er frontal kollidierte. 100.000 Liter Superbenzin explodierten und rissen Vladims Wagen mit den Uranfässern in winzige Stücke. Das spaltbare hochangereicherte Material verteilte sich durch den Wind und die Hitze auf einer Fläche von mehreren hundert Quadratkilometern, und das lodernde Benzin sah wirklich wie ein Atompilz aus.

Feuerwehr und Technisches Hilfswerk waren zwar sehr schnell am Unfallort, aber es dauerte erbärmlich lange, bis sie begriffen, dass sie in einer radioaktiv verseuchten Zone operierten. Über 100 junge Männer starben an der Strahlenkrankheit, und um die Folgeschäden werden noch immer erbitterte Prozesse geführt. Vladim und Fips hatten den schlimmsten Unfall in der deutschen Geschichte verursacht. Die Kanzlerin, die wusste, was das Wort *radioaktiv* bedeutet, ließ die ganze Region südöstlich von Berlin evakuieren. Deutschland verlor dadurch fünf Prozent seiner bewohnbaren Fläche.

Als Lara erwachte, hatten sich die Regenwolken verzogen, und es war ganz still. Sie brauchte eine Weile, um sich zu vergewissern, dass sie wirklich wach war und diese Stille nicht nur erträumte. Sie musste erst begreifen, dass sie und ihre Kinder überhaupt am Leben waren. Aber es stimmte, die Autobahn war verstummt, die Sonne schien und trocknete ihr Gefieder. Die Jungen waren am Leben und überall schwirrten die Fliegen.

Jutta die Wochenendterroristin

Jutta betrachtete ihre Nagelbetten. Sie machten einen Gutteil ihrer Schönheit aus. Ihre Nägel waren ebenmäßig geformt, wie Mandeln. Der kleine helle Halbmond am Nagelansatz hob sich makellos ab. Sie benutzte nie Nagellack. Ihre Nägel machten ihre Hände schön, und ihre Hände machten sie schön. Sie unterstrichen ihre gepflegte Erscheinung, clean, aufgeräumt, früher hätte man adrett gesagt. Sie sah sich in ihrem Dachappartement um. Die kleine Couch war ihre Zentrale, von der aus sie ihr überschaubares Universum regierte. Das Zimmer war perfekt aufgeräumt, in der Spüle stand lediglich ein Weinglas vom Vortag. Wenn die Wohnung aufgeräumt war, fühlte sie sich selbst aufgeräumt. Besucher hätten die Wohnung zu ordentlich gefunden, sie erinnerte in ihren hellen Farbtönen an eine Arztpraxis, aber Jutta arbeitete auch in einer Arztpraxis, und der Mensch kann eben nur das reproduzieren, was er sieht. Die Möbel waren weiß und alle Flächen waren abgewischt, das machte sie immer samstags. Anschließend kaufte sie ein paar gesunde Sachen ein, dazu eine Flasche Wein für das Wochenende. Nach dem Einkauf duschte sie, putzte das Bad – immer in dieser Reihenfolge – und machte es sich auf ihrer Couch bequem. Die

Couch war ihr ältestes Möbelstück und stammte noch aus ihrer Studentenzeit. Sie schenkte sich ein kleines Glas Wein ein, Bordeaux, für 12 Euro die Flasche, fast schon ein kleiner Luxus. Dann cremte sie ihre schönen, leicht braunen Hände mit einer guten Creme ein, die nicht fettete und keine Spuren auf dem Weinglas hinterließ. So konnte sie lange dasitzen, aufgeräumt, eingekuschelt, frisch geduscht und eingecremt. Couch und Bordeaux waren Reliquien aus vergangenen Tagen. Jutta hatte in Tübingen Medizin studiert. Nach einem außerordentlichen Abitur hatte sie sich vorgenommen, ein außerordentliches Studium hinzulegen, um eine außerordentliche Kinderärztin zu werden. Sie hätte alle Kinderkrankheiten gekannt und die Antwort auf alle Kinderfragen gewusst; eine weiße Kindergöttin mit sauberen Händen und dem Duft von Gesundheit, der durch ihre bloße Anwesenheit auf die Kinder wirken würde. Sie war während des zweiten Semesters gerade mit Mark zusammengezogen, einem angehenden Onkologen, den sie als eine Art persönliche Lebensversicherung gegen Krebs liebte. Mark war ihr erster richtiger Mann, und oft hatten sie sich nach einer Flasche Bordeaux auf der Couch geliebt. Sie hatte immer eine Decke darüber gelegt, damit es keine Flecken gab.

Mit Mark war neben dem Erfolg auch das Glück in ihr Leben getreten. Gefühltes, tastbares, duftendes und sich rasierendes Glück. Sie fasste das als eine Art selbstverständliches Resultat für ihren Erfolg auf, als natürliches und gesundes Ergebnis ihres Fleißes und ihrer Intelligenz. Kurz vor dem Physikum, der wichtigsten Prüfung, hatte Mark auf eine ziemlich altmodische Art die Beziehung beendet. Er schrieb ihr einen Brief, Times 12 Punkt auf Laserdruckerpapier und teilte ihr mit, dass er soeben die Liebe seines Lebens kennen gelernt habe und es darum wohl das Beste sei, wenn er sie, Jutta, nicht mehr sähe. Er würde sie stets als wundervolle Frau in Erinnerung behalten, alles sei seine Schuld, aber Ehrlichkeit sei eben das Beste. Mark war sich außerordentlich nobel vorgekommen, als er sich in dieser ordentlichen, quasi amtlichen Form von Jutta trennte. Besser direkt und mit klaren Worten, als mit quälenden Gesprächen und Heimlichkeiten.

Der Brief war für Jutta in den ersten Sekunden nur eine Überraschung, eine abartige, widersinnige, böse Überraschung. Das Moment der Verwunderung übertraf zunächst den Schmerz, der eine gewisse Anlaufzeit brauchte, um sich dann aber umso heftiger zu entfalten. Nach dem Lesen des Briefes legte sie sich zunächst auf die Couch, musste sich dann aber übergeben und bekam Fieber. In der folgenden Nacht konnte sie nicht schlafen und fühlte sich am nächsten Morgen hoffnungslos verkatert. Mühsam kramte sie ihre Restrationalität zusammen, ließ sich krankschreiben und verschob den Prüfungstermin. Sie heulte, kotzte, konnte nichts mehr essen. Die schnell gekauften Bücher über Liebeskummer halfen nicht, und als es ihr nach einem Monat noch immer nicht wesentlich besser ging, riet ihre Mutter, doch den Fachmann aufzusuchen.

Mit jeder Sitzung riss der Psychologe ein Mosaiksteinchen aus dem Bild ihres Erfolges, ohne jedoch recht zu wissen, wie er sie zu einem neuen Ganzen ordnen sollte. Jutta fühlte, dass sie im weiteren Verlauf der Therapie gänzlich den Boden unter den Füßen verlieren würde. Die Sache wurde gefährlich. Also begann Jutta, die Geheilte zu spielen. Sie gab sich in jeder Sitzung etwas gefestigter und fühlte das Selbstvertrauen ihres Therapeuten wachsen. Der riet ihr am Ende der Therapie, weiter an sich zu arbeiten und Konzentrationsübungen zu machen. Jutta schrieb sich für einen Volkshochschulkurs im Zen-Bogenschießen ein und zu ihrer Überraschung half das. Wenn sie sich konzentrierte, die Sehne spannte und auf den von innen kommenden Moment des Loslassens wartete, waren das Sekunden, in denen sie nicht litt. Das Elend holte sie zwar später wieder ein, aber während der Übungsstunden konnte sie es zum Schweigen bringen. Darum versäumte sie nie eine Kursstunde und übte die Kunst des Zen-Bogenschießens auch allein. Morgens am Waldrand vor der Stadt sah man sie im Karateanzug und voller Konzentration ins Nichts zielen. Genau ein Jahr nach der bisher einzigen und darum so verheerenden Katastrophe ihres Lebens hatte sie sich wieder so weit im Griff, dass sie in der Lage war, Stabilität zu spielen. Sie gab zum Entsetzen ihrer Eltern ihr Studium auf und arbeitete weit unter ihren Fähigkeiten als Arzthelferin. Sie nahm sich in München eine winzige Dachwohnung und verwendete ihre Energie darauf, alle potentiellen Unsicherheitsfaktoren aus ihrem Leben zu verbannen: Krankheiten, Übergewicht und vor allem: Männer. So bekam sie ihr Leben nicht nur halbwegs unter Kontrolle, es funktionierte auch besser als die meisten Leben, die sie kannte. Sie war zwar verwundert, dass der Liebeskummer nie ganz verschwinden wollte, wie ein notorischer Pickel, der sich eine feste Körperstelle gesucht hat und niemals ganz verschwindet, aber, um seinen Besitzer zu besänftigen, nur von Zeit zu Zeit eiterte.

Bis auf die Couch und den Rotwein hatte Jutta alle Erinnerungsstücke an die Zeit mit Mark vernichtet: Postkarten, gemeinsam gekochte Rezepte, Schnickschnack vom Rummel. Sie hatte alle E-Mails und hunderte Fotos im Computer gelöscht, so dass Mark zwar allmählich aus ihrem Gedächtnis schwand, aber ein diffuses Gefühl der Verwundung blieb, und nur die präzise Einhaltung des Samstagabendrituals konnte es zum Schweigen bringen.

Ihr Ritual begann mit der Reinigung der Wohnung, dem Duschen, der Reinigung des Bades und einem Glas Bordeaux, das sie mit der Bedachtsamkeit eines Zen-Meisters trank. Ganz langsam, fast war es mehr Atmen als Trinken. Wenn sie den Duft des Weines inhalierte, legte er sich wie ein lindernder Verband auf die tiefe Wunde. Nur atmen, ganz ruhig weiteratmen. Sie cremte die Hände mit sehr wenig sehr guter Creme ein, damit sie nicht fetteten, und zog den Gürtel ihres weißen Bademantels straff. Erst wenn sie sehr ruhig war, erhob sie sich von der Couch und holte den teuren Fiberglassportbogen mit Kevlarverstärkung aus dem Schrank. Sie schraubte ihn sorgfältig zusammen und montierte die Stabilisatoren mit der gleichen weltvergessenen Konzentration, mit der ein Liebhaber seine Harley Davidson poliert. Es war ein Sportbogen für Damen, ein gehobenes Modell, das man auch auf einer Olympiade verwenden könnte. Die Spitzen der Pfeile hatte sie mit der Nagelfeile angerauht und mit einem Hauch Triphosgen bestrichen. Im Studium hatte sie sich bei einem Tierversuchsvideo von der Giftigkeit dieses Präparates überzeugen können. Den fertig montierten Bogen und den Pfeil legte sie auf dem Küchentisch ab, bevor sie das Dachfenster öffnete und etwas Münchner Sommerabendluft hereinließ. Es war kühl und sie raffte den Bademantel noch etwas fester.

Der zweite Teil des Rituals begann mit einer sehr langsam gerauchten Mentholzigarette. Sie rauchte nur während des Rituals und sah sich dabei die nächtlichen Häusergiebel an. Über das Dächergewirr fand ihr Blick ohne Mühe das große Loch, wo der große Marienplatz sein musste. Allenfalls hundert Meter Luftlinie war das Herz der Stadt von ihrer kleinen Dachwohnung entfernt. Jutta war jetzt sehr konzentriert und fühlte sich sicher und professionell. Sie spannte den Bogen, der genau auf ihre Körperkraft abgestimmt war, hielt vor dem Schuss den Atem an, und als es von innen her Klick machte, ließen ihre makellosen Finger die Sehne los. Der Pfeil flog durch den Münchner Nachthimmel. Ein Minicruisemissile, abgefeuert durch eine verwundete Ex-Studentin jagte über die Hausdächer hinweg Richtung Marienplatz. Seine Flugbahn neigte sich am höchsten Punkt, die giftige Spitze senkte sich und glitt in einer Parabel lautlos in die Menschenmenge. Die Wahrscheinlichkeit einen Menschen zu treffen, lag etwa bei eins zu zehn, weil Menschen auch auf vollen Plätzen eine Sicherheitszone um sich wahren. Neunzig Prozent der Pfeile fielen fast unbemerkt zwischen den Menschen zu Boden, aber zehn Prozent trafen, und das stand in den Zeitungen und kam sogar in den Tagesthemen,

bis die Redakteure die Meldung der Trittbrett-
fahrer wegen aus dem Programm nahmen.
Langsam und ganz ohne Ungeduld schloss Jutta
das Fenster und schenkte sich ein neues, diesmal
größeres Glas ein. Wirklich, ihr kleines Ritual
half, sie spürte die Wunde nicht mehr. Sobald
sie die Sehne losließ, hörte das Sehnen auf. Die
ihrem Leben zugefügte Ungerechtigkeit hatte
sie ihrerseits mit einer kleinen Ungerechtigkeit
vergolten. Das half.

Martin Lohmanns
wundersame Himmelfahrt

Lohmann bewegte die Computermaus wie einen Stein. Sie kam ihm schwer vor, sie glitt nicht über die Schreibtischoberfläche, sondern er musste sie schieben. Der Widerwille gegen seine Arbeit hatte in den letzten beiden Jahren gefährliche Ausmaße erreicht. Er verglich Kundendaten anhand einer langen Exceltabelle, jedoch konnte er sich nicht darauf konzentrieren, weil ihm Kundendaten vollkommen gleichgültig waren. Manchmal entdeckte er einen Fehler, aber dann schaffte er es nicht, ihn zu korrigieren. Nicht, weil er mental nicht dazu in der Lage gewesen wäre, sondern weil ihm die Maus zu schwer erschien. Sie vorzuschieben, das richtige Feld in der Tabelle auszuwählen, die neue Kundennummer hineinzuschreiben und dann noch einmal zu klicken, kam ihm vor wie die Schinderei in einem Bergwerk. Immerhin war so eine Tabelle 3600 Zeilen lang. Wenn er sie abgearbeitet hatte, würde eine neue kommen und dann wieder eine neue. Mit jeder weiteren wuchs seine Abneigung und sank seine Aufmerksamkeit. Oft ertappte er sich mittlerweile nicht nur bei kleinen Schlampereien, sondern schmuggelte sogar absichtliche Fehler in die Daten; kleine Zahlendreher oder völlig frei erfundene Nummern. So etwas fiel erst spät auf und verursachte keinen ernsthaften Schaden. Wahrscheinlich würde sich sogar niemand die Mühe machen, die Fehlerquelle zu analysieren. Aber diese kleinen Zahlendreher wurden Ausdruck von Lohmanns Widerwillen, eine Prise Sand, die er ins Getriebe des großen Versicherungskonzerns streute.

Lohmann war nicht politisch. Er war kein Klassenkämpfer, der hoffte, mit einigen unbedeutenden falschen Ziffern dem Kapitalismus eins auszuwischen. Er war müde und seiner Arbeit überdrüssig. Andere waren auch ihrer Arbeit überdrüssig, aber Lohmann war es etwas mehr, und so sah er dabei zu, wie seine Hände laufend Miniatursabotagen ausführten. Wenn er z. B. das Druckerkabel aus seinem PC entfernte, so zerrten seine Hände ohne Gefühl daran. Sie wollten das Kabel beschädigen, es aus der Buchse reißen. Seine Hände waren grob zu allen Dingen im Büro. Wenn sein Druckbleistift nicht funktionierte, rammte er ihn mit Kraft auf die Schreibtischplatte und warf ihn dann in den Papierkorb. Oder er tötete eine Bleistiftmine, indem er sie immer zwei Millimeter aus dem Stift ausfuhr und sie dann absichtlich abbrach. Seine Kaffeetasse stellte er rücksichtslos mit einer schroffen Bewegung in den Hängeschrank, und es war ihm egal, wenn der Henkel seiner Tasse oder der eines Kollegen dabei abbrach. Normale Bewegungen, sanfte, koordinierte und elegante Bewegungen gelangen ihm nur noch, wenn er sich darauf konzentrierte, ansonsten waren sie zerfahren oder ruppig. Die Maus war sein Hauptfeind geworden. Oft knallte er sie mit beträchtlicher Energie auf den Schreibtisch. Das geschah zum Beispiel, wenn er sich verklickt hatte, oder die Maus, weil sie verdreckt war, ihren Zeiger nicht mehr schön gleichmäßig über den Bildschirm steuerte. In der IT-Abteilung hatten sie sich schon gewundert, wie oft Lohmann eine neue Maus anforderte, aber wegen einer Maus sagten sie nichts.

Lohmanns Abteilungsleiter, der eigentlich ein ganz annehmbarer Mensch war, hatte bei der persönlichen Quartalsbesprechung zu ihm gesagt: „Lohmann, was ist Ihr Problem? Sie performen in letzter Zeit nicht richtig!"

„Kleines biorhythmisches Tief", hatte Lohmann geantwortet und die Sache noch einmal auf die humorvolle Art zurechtgebogen. Natürlich hatte der Abteilungsleiter das durchschaut, aber er ließ es auf sich beruhen und Lohmann konnte wenigstens ohne spürbare Konsequenzen aus der Besprechung gehen.

Lohmann war ständig müde. Nach der Mittagspause konnte er nicht verhindern, dass er auf seinem Bürostuhl einschlief. Die Augenlider fielen ihm zu, dann erschlaffte die Halsmuskulatur, der Kopf fiel ruckartig nach vorn, und durch diesen Ruck wachte er wieder auf. Dieses lästige

Spielchen wiederholte sich fünf bis sechs Mal und hinterließ ihn stets völlig gerädert. Es war kein erholsamer Schlaf, es war aber auch keine wache Präsenz, es war ein überaus enervierendes Dösen, das nichts mit dem Nickerchen eines griechischen Fischers in seinem Boot zu tun hatte. Es war die Weigerung des Körpers, sich mit dem Computer auf dem Schreibtisch zu beschäftigen. Es war die Flucht des Organismus vor einer Maschine, die offenbar nur konstruiert worden war, um Martin Lohmann nervlich zu zerrütten.

„Mach doch Sport!", hatte sein Bruder an Weihnachten zu ihm gesagt. „Dann geht's dir wieder besser, einfach täglich ein bisschen joggen, oder geh ins Fitnessstudio, dann kommst Du auch wieder unter Leute." Ja, nach so einem 10.000-Meter-Lauf stellt sich eine gute Müdigkeit ein. „Lauf mal 10.000 Meter und versuch, hinterher sauer zu sein. Das klappt einfach nicht!", hatte sein Bruder doziert, und er hatte natürlich Recht. Aber Lohmanns Körper war voll von schlechter Müdigkeit, die sich einstellte, wenn sein Körper unwillig war, die Muskeln anspannte und ständig nutzlos Energie verplemperte, wie bei einem Auto, wenn man Gas gibt und gleichzeitig auf die Bremse tritt. Das war schlechte Müdigkeit, und Lohmann verfügte davon eimerweise. Schlechte Müdigkeit lässt einen auch im Bett nicht zur Ruhe kommen, wohl aber in der S-Bahn. Dort läuft man dann Gefahr, seine Haltestelle zu verpassen und zu weit zu fahren. Dann muss man wieder zurückfahren, was den Feierabend vollends ruiniert. „Das ist genau die Müdigkeit, die den Körper zersetzt und Krebs macht", sagte Lohmann öfter einfach so in sich hinein, „genau die Müdigkeit, die Krebs macht."

Am schlimmsten war diese Müdigkeit, wenn er mit anderen Leuten zu tun hatte. Lohmann konnte dann dem Gespräch nicht folgen oder er ließ erst gar keines aufkommen. In solchen Momenten bestand allerdings die Gefahr, dass das Gegenüber sich in Fahrt redete, und Lohmann in bestimmten Intervallen lediglich „hmm" vor sich hin brummte. So war es vor ein paar Monaten gewesen, als sein Rechner irgendetwas hatte und der Typ aus der IT-Abteilung kommen musste. Lohmann hatte ihm seinen Schreibtischstuhl angeboten, damit der Experte direkt vor dem PC bequem arbeiten konnte. Er selbst hatte in der winzigen Besprechungsecke, in der fast nie etwas zu besprechen war, Platz genommen. Als der andere über seine Kinder zu erzählen begann, war Lohmann einfach weggenickt. Der IT-Mann hatte es nach einer Weile bemerkt und war sich blöde vorgekommen, weil er so ins Nichts geredet hatte. Und Lohmann war sich auch blöd vorgekommen, weil er mal wieder eingenickt war.

„Schwere Nacht gehabt?", hatte dann der IT-Mann gefragt und Lohmann hatte gesagt:

„Das letzte Pils war wohl schlecht", obwohl er fast nichts getrunken hatte, aber der Hinweis auf den angeblichen Vollrausch hatte der Situation tatsächlich etwas von ihrer Peinlichkeit genommen.

Noch schlimmer aber war die Müdigkeit gewesen, als Lohmann Monate nach der Trennung von Marianne wieder ein Rendezvous hatte. Eigentlich war es kein richtiges Rendezvous gewesen, sondern ein einfaches Abendessen beim Italiener. Lohmann war mit der hübschen Alexandra aus der Aquisitionsabteilung ausgegangen, und sie hatten sich angeregt unterhalten. Für ihn war das eine enorme Anstrengung. Es lag an seiner schlechten Müdigkeit, die ihm alles abverlangte, um wenigstens für die Dauer einer Pizza und einer Flasche Rotwein nicht geradezu lebensmüde zu wirken. Es hatte auch geklappt, er hatte auf Alexandra witzig und intelligent gewirkt, gleichzeitig einfühlsam mit einer winzigen Dosis von coolem Zynismus. Als sie die Pizzeria verließen, hatten sie sich beim gemeinsamen Zwängen durch die Ausgangstür ganz leicht berührt.

„Noch einen Kaffee bei mir?", hatte Alexandra dann in einem wundervollen Tonfall gefragt, in einem Tonfall, der mit dem Klischeehaften dieser Frage bewusst spielte. So wie sie es sagte, war der Satz als eindeutige Einladung, aber auch als bloßes ironisches Statement zu verstehen. Er ließ eine Hintertür offen, sowohl für Alexandra als auch für Lohmann, der sie auch sofort benutzte.

„Nee, heute besser nicht", hatte er gesagt. Er hatte einfach keine Reserven mehr, um die wahrscheinlich nette Wohnung zu bewundern, die Flasche zu entkorken, sich auf der Toilette hinzusetzen, den Geschlechtsverkehr zu vollziehen, noch etwas Nettes zu sagen, dann mit dem Taxi nach Hause zu fahren und morgen wieder vor dem scheiß Computer zu sitzen. Er war einfach zu müde, zu lebensmüde für so etwas.

Der blaue Delfin glänzte in der Sonne. Er zog an seiner Schnur und wollte himmelwärts mit seinem überlegenen Delfinlachen und seiner blauen Aluminiumhaut, die prall mit Helium gefüllt war. Aber die Mutter hatte die Schnur um das Handgelenk des kleinen Mädchens gebunden, damit der Gasballon nicht einfach in den Himmel ausbüchste. Das Mädchen richtete ihren Blick auf den Delfin und konnte gar nicht mehr davon lassen. Es folgte dem sanften Zug des blauen Ballons und wäre fast auf die Straße gelaufen, hätte seine Mutter nicht aufgepasst. Die Kleine war selig mit ihrem hübschen Delfin; ihre ganze Welt bestand aus dem Lächeln des blauen Heliumtiers, dem sanften Zug der

Schnur und ihrem eigenen Lächeln.

Das war der Moment in Lohmanns Leben, der alles veränderte: Er sah diese verzückten Kinderaugen, die einen prallen Aluminiumdelfin betrachteten. Sie waren der Break, der Blitz, der Lohmann erleuchtete, der plötzliche Flash, die Dosis LSD, die die Synapsen neu verschaltete, der finale Kick, der sich immer einstellt, wenn die Lebensmüdigkeit ein gewisses Maß überschreitet.

Lohmann hatte in seiner Kinderzeit auch einen Gasballon besessen, wenn auch keinen Delfin. Er hatte ihn ganz behutsam mit nach Hause genommen und fürchtete nichts so sehr, als dass das Helium allmählich entweichen könnte und sein Ballon Runzeln bekäme. Aber so schnell ging das nicht. Abends nahm er ihn mit ins Bett und ließ ihn an die Zimmerdecke steigen. Morgens suchten seine Augen zu allererst nach dem Ballon und er wunderte sich nicht wenig, wenn er bemerkte, das dieser in der Nacht an der Decke herumspaziert war. Er hatte auch die Tragfähigkeit seines Ballons auf die Probe gestellt, in dem er seine Armbanduhr an der Schnur befestigte. Er konnte sie fast tragen, aber eben nur fast und sank dann langsam mit der Uhr zu Boden. Erst als er sich zusätzlich den Ballon seines Bruders borgte, wollte die Uhr schweben. Dann hatte er die Uhr auf der Küchenwaage gewogen. Ungefähr 50 Gramm konnte ein Ballon also heben.

Lohmann sah dem Mädchen lange nach, dem es einfach nicht gelang, ihren Blick von dem Delfin abzuwenden, und als das Mädchen und die Mutter in eine Seitenstraße abbogen, ging Lohmann in einen Drogeriesupermarkt und kaufte sich eine Packung mit großen Partyballons.

„Ich weiß, wie wir den Abgleich der Kundendaten beschleunigen", sagte Lohmann am nächsten Morgen zu dem Abteilungsleiter. „Wir lesen einfach die in Frage kommenden Excelspalten selektiv aus und schreiben eine DB-Prozedur, die sie auf Inkonsistenzen prüft. Damit ist der Fehler zwar nicht behoben, aber wir müssen nicht mehr den ganzen Mist anschauen, sondern nur noch die Felder, die ganz offensichtlich inkonsistente Daten enthalten. Die gleichen wir dann manuell ab."

„Klingt gut, aber wer soll das alles programmieren? Sie wissen doch, wie sich die Leute in der IT immer anstellen", wandte der Abteilungsleiter ein.

„Das mach ich nach Feierabend", antwortete Lohmann, und der Abteilungsleiter fühlte sich bestätigt, weil er um die verborgenen Fähigkeiten des Martin Lohmann schon immer gewusst hatte. In der Folgewoche schaffte Lohmann mehr als im ganzen vergangenen Monat. Er hätte auch noch mehr geschafft, aber sich dann auch der Frage aussetzen müssen, was er eigentlich in den vergangenen fünf Jahren gemacht habe.

Seine Abende verbrachte Lohmann mit Ballonexperimenten. Welche waren gasdicht? Welche hatten das größte Volumen im Verhältnis zum Gewicht? Woher bekommt man eine professionelle Ballonpumpe? Woher bezieht man Helium, wie es die Schausteller auf der Kirmes verwenden? Wie verknotet man einen aufgeblasenen Ballon schnell und dicht? Diese Art angewandter Wissenschaft machte Lohmann Spaß, und er entwickelte sich rasch zum Ballonexperten.

Als die Phase des Forschens vorüber war, begann Lohmann mit der Produktion. Da durfte nichts schief gehen, denn er hatte nur einen einzigen Versuch. Und so schoss Energie in sein Leben, wie er sie seit Jahren nicht mehr gespürt hatte. Er beeilte sich, abends früh nach Hause zu kommen, um die Ballons mit Helium zu füllen. Lohmann blies immer zehn Stück auf, versah sie mit einer Schnur, band dann die zehn Schnüre zusammen und hatte als Ergebnis eine bunte, pralle Ballontraube. Dann fertigte er die nächste an und verstaute Traube um Traube in seinem Haus, bis er nur noch die Küche benutzen konnte.

Bei dem völlig überraschten Abteilungsleiter

reichte er die Kündigung ein. Lohmann redete in den letzten Tagen nicht schlecht über die Firma und sorgte für eine saubere Übergabe, und die Firma sorgte für ein sehr gutes Zeugnis, das Lohmanns ständige Eigeninitiative in den Vordergrund rückte.

„Man sieht sich ja immer zwei Mal", hatte der Abteilungsleiter gesagt.

„Ja, schon möglich", hatte Lohmann geantwortet, aber im Herzen war er bereits wieder bei seinen Ballons. Und als ein günstiger Tag kam, ein warmer schöner Sommerabend mit ganz leichtem Westwind, machte Lohmann Ernst. In der Einfahrt zu seiner Garage stand ein schwerer Betonpfeiler, an dem befestigte er seine Ballons. Er verband jeweils zehn Zehnertrauben zu einer Hundertertraube und zehn Hundertertrauben zu einer Riesentraube aus Tausend bunten Ballons. Zum Schluss rissen genau 5000 Ballons an dem starken Abschleppseil, an dem er sie verknotet hatte. Aber einer fehlte noch. Ein großer blauer Delfin erhielt eine extra lange Schnur, so dass er weit über den anderen Ballons die Führung übernehmen würde. Direkt unter der Ballontraube hatte Lohmann eine kleine Querstange angebracht, an der er sich wie an einer Reckstange halten würde, wenn er mit seinen Ballons aufstieg. An der kleinen Reckstange wiederum befestigte er eine Schlinge, und die legte er sich um den Hals. Dann kappte er die

Leine und stieg auf.

Er flog! Er flog wirklich, und schnell trugen ihn die Ballons in den Himmel. Lohmann schwebte an seinem Haus empor, erreichte die Baumwipfel und stieg höher und höher. Die Ballons trugen ihn leicht, und der sanfte Westwind wehte das seltsame Luftfahrzeug ganz langsam in Richtung der Innenstadt. Er schaute herab und sah den Dom, er erkannte die Hauptkreuzungen der Stadt und die kleiner werdenden Autos. Er sah auch Menschen, die zu seinem Gefährt aufschauten. Erst einzelne, dann ganze Gruppen. Und als er langsam über die Fußgängerzone glitt, waren es Massen, die fasziniert zum Himmel starrten.

Wie lange würde er sich halten können? Die Arme schmerzten und die Hände verkrampften allmählich, schließlich war er kein Reckturner. Die Hände wurden feucht, in immer kürzeren Abständen musste er umgreifen, um sich zu halten. Er sah jetzt nicht mehr hinunter und spürte, wie seine Kraft nachließ. Als auch noch die Arme verkrampften, schloss er die Augen und ließ los. Das starke Seil bremste seinen Fall und die sorgfältig geknotete Schlinge trennte Körper und Geist. Noch stundenlang sahen die Menschen in der Fußgängerzone den Gehängten am Abendhimmel schweben.

Er sah das Mädchen vor sich und den blauen

Delfin, wie er straff und prall in der Sonne glänzte und sein freundliches Delfinlächeln lächelte.

„Kommt, lasst uns Spaß haben und in der Brandung spielen und fliegen", sagte der Delfin und das Mädchen hielt sich mit einer Hand an seiner Finne fest und mit der anderen an Lohmann, und zu dritt glitten sie durch die Brandung und glitten durch die Luft. Sie flogen und tauchten und schwammen, und alle Erdenschwere war plötzlich fort. So ging es durch die See, durch die Lüfte und durch den Raum, und sie lächelten einander zu.

Herz und Mund und Tat und Leben

Damals hatte sein Foto auf vielen Titelseiten gestanden. Zwar sah man ihn nur undeutlich, denn sein Gesicht war nach dem Kampfeinsatz geschwärzt, aber er selbst konnte sich genau an seinen Augen erkennen. Das Foto war unmittelbar nach dem Einsatz aufgenommen worden. Er und seine Jungs hatten damals in den Siebzigern diese deutsche Journalistin befreit. Eine marxistische Rebellengruppe, die den Leuten um Pol Pot nahe stand, hatte sie in den Thailändischen Dschungel entführt und eine astronomische Lösegeldforderung gestellt. Zusätzlich hatten sie verlangt, dass die BRD sich in ihrer politischen Form auflösen und sich der DDR angliedern solle. Das Bild der schönen Journalistin kannte damals ganz Deutschland. Für die Medien war klar, dass die junge Frau sich in einem *Foltercamp* aufhielt, und man überbot sich mit schrecklichen Schilderungen darüber, was man ihr dort alles antun könne, um den Forderungen der Terroristen Nachdruck zu verleihen.

Den Einsatzbefehl hatte Burgmann von ganz oben erhalten. Unmissverständlich lautete die Weisung, die Sache zu beenden, so oder so. Ganz oben war man nervös, denn jeder weitere Tag, um den sich die Geiselnahme hinzog, ließ die Regierung unfähiger erscheinen. Burgmann hatte man als Einsatzleiter ausgewählt, weil er kaltblütig, besonnen und bei seinen Männern ungemein beliebt war. Von seinen Jungs wurde er als echtes Vorbild verehrt, weil er selbst mit zupackte und in seiner Einheit väterliche Gerechtigkeit übte.

Nachts waren sie damals vom amerikanischen Luftwaffenstützpunkt aus in den Dschungel aufgebrochen, mit geschwärzten Gesichtern und 25 Kilo Gepäck. Nur Burgmann kannte die genaue Lage des Terrorcamps, und er führte seine Jungs über schlammige Pfade und Urwaldflüsse ans Ziel. Wenn jemand schlapp machte, ermunterte er ihn und gab ihm von seiner eigenen Ration zu essen. Wenn jemand die Nerven zu verlieren drohte, weil ihm eine Spinne in den Kragen geraten war, beruhigte ihn Burgmann wieder wie ein Vater, der in der Nacht das Licht anknipst, um seinem verängstigten Sohn zu zeigen, dass kein Gespenst im Kinderzimmer ist.
Als sie das Lager erreicht hatten, ließ er seine Jungs einen ganzen Tag lang ausruhen, denn sie sollten für die Befreiungsaktion bei Kräften sein und vor allem wieder einen klaren Kopf bekommen. Burgmann hingegen benutzte die Zeit, um sich einen genauen Überblick zu verschaffen. Es waren zwölf Terroristen und die Geisel war offensichtlich noch am Leben. Seine Einheit be-

stand aus zehn Männern, und jedem von ihnen teilte er einen Gegner zu, den er auszuschalten hatte. Er würde sich den Rest vornehmen.

Die eigentliche Befreiungsaktion dauerte nur wenige Minuten. Erst als alle ihre Gegner präzise im Visier hatten, gab er den Schussbefehl.

„Ruhig Blut, Jungs, nur gezielte Einzelschüsse, rumgeballert wird nicht!", hatte er ihnen eingetrichtert. Dann machten die deutschen Präzisionsgewehre *Tak Tak Tak*, und die Sache war beendet. In einer provisorischen Hütte fanden sie die Journalistin, die zwar am Leben war, aber zu schwach, um zu gehen. Und so trug Burgmann sie auf seinen starken, von zehntausenden Liegestützen gestählten Armen zurück zum Luftwaffenstützpunkt. Dieses Bild war damals um die Welt gegangen, ein hünenhafter deutscher Soldat, der eine zarte blonde Frau aus dem Dschungel trug. Es erinnerte ein bisschen an *King Kong und die weiße Frau*. Ralf Burgmann, 30 Jahre alt, Spezialeinheit, mitten in den Siebzigern des 20. Jahrhunderts auf dem Höhepunkt seines Lebens.

Die letzte S-Bahn zuckelte gemütlich durch die Außenbezirke der großen Stadt und die Scheiben spiegelten Burgmanns Gesicht. Er hatte einen runden, grauen Haarkranz, einen braunen Teint und tiefe Falten in seinem kantigen Gesicht. Er war gealtert, aber nicht degeneriert.

Burgmann war schlank und drahtig geblieben, er hatte viel Sport getrieben und sich beim Essen zurückgehalten. Mit den anderen Rentnern seines Alters hatte er nicht viel gemein. Die ließen sich gehen, quollen auf, wurden fett und schlurften in beigefarbener Kleidung durch die Gegend. Burgmann dagegen wirkte vital. Viele von den Zwanzigjährigen der Computergeneration hätte er ohne Probleme verhauen können. Er inspizierte seinen Aktenkoffer sorgfältig ein letztes Mal. Die Pistole lag darin, Munition, sein Handy und das teure, verbotene Springmesser, Tempotaschentücher und eine zerfledderte Ausgabe des Stern aus den Siebzigern.

Der Waggon hatte sich weitgehend geleert, nur am anderen Ende des Wagens saßen drei türkische Jugendliche und ein Mädchen, von dem man nicht sagen konnte, ob es deutsch oder türkisch war.
„Weisschon, isch hab SMS gekriegt und dem Tuss gecheckt, aber isch schwör, isch hab sie nisch gepoppt, weil sie is halt Schlampe weisschon", sagte Sertan, der eine Art Anführer war.
„Aber Aischa hat mir SMS gezeigt, weissu, du has geschrieben, dass du sie aber liebst", konterte das Mädchen ohne erkennbare Nationalität.
„Hab isch nischt diese schwule SMS geschrieben, hab isch Salahaddin mein Handy gegeben,

weil sein Handy kaputt war, Mann, verstehst, und diese Checker hat mit mein Handy geschrieben, dass isch sie lieb, dieser Scheißnigger", gab Sertan zurück. Es entspann sich ein fröhlicher Kanaksingsang, in dem es um Handys, Liebe und Hip-Hop sowie notorische Finanzknappheit ging, und einige Gesprächsfetzen drangen an Ralf Burgmanns Ohr, ohne dass er genau hinhörte.

Die Zeit nach dem Einsatz war die glücklichste seines Lebens gewesen. Burgmann und seine Jungs wurden von den Medien zu Helden hochgeschrieben, und als solche fühlten sie sich auch. Schließlich hatten sie einer wehrlosen Geisel das Leben gerettet und eine handvoll Terroristen ausgeschaltet. Zwar gab es in den Siebzigern noch keine Talkshows, aber Burgmann konnte seine Geschichte für sehr gute Honorare an seriöse Zeitungen verkaufen, er redete in Schulen über wehrhafte Demokratie und spürte, wie die großen Jungs aus den höheren Klassen ihn bewunderten. Er bekam Einladungen zu wichtigen Tagungen, war Ehrengast bei Konferenzen zum Thema Terrorismus und Demokratie und, was das Wichtigste war, in seiner Einheit genoss er tiefen Respekt. Er hatte die ganze Spezialeinheit aufgewertet. Ihm und seinen Jungs war es zu verdanken, dass neue Gelder und Ausrüstung bewilligt wurden und dass die Jungs

sich in den USA mit den dortigen Spezialein-
heiten austauschen konnten. Vor dem Einsatz
hatten Teile der SPD die Existenzberechtigung
der Einheit offen in Frage gestellt, aber seit
der Befreiungsaktion waren diese Zweifel endgültig vom Tisch gewischt. Wenn Burgmann
abends im Kasino saß, fand sich immer jemand,
der kommentarlos seine Zeche übernahm, und
an der Theke rückte man zusammen, um ihm
Platz zu machen, wenn es eng war. Auch das
Verhältnis zu seiner Frau hatte sich nach dem
Einsatz geändert, sie schaute jetzt wirklich zu
ihm auf und sagte nicht mehr *der Ralf,* wenn sie
von ihm sprach, sondern *mein Mann.* Burgmann
wurde zum Hauptmann befördert und verließ
die Truppe in diesem Rang. Während der Ab-
schiedszeremonie standen ihm und seinen Kameraden die Tränen in den Augen, und als er
nach einem allerletzten Bier allein zum Pinkeln
auf die Kasinotoilette ging, stütze er sich an die
Wand und musste richtig heulen.

„Okay Jungs, wir gehen da jetzt rein", sagte
Burgmann zu sich selbst und erhob sich von
seinem Sitz. Ganz langsam ging er auf die Jugendlichen zu, die ihn kaum wahrnahmen.
„Entschuldigung", sagte Burgmann, „ihr kennt
euch doch bestimmt mit Handys aus. Ich hab
auch ein Handy, aber ich weiß nicht, wie man
damit eine SMS schreibt. Bin ja schon ein älte-

res Semester, und ich hab das Ding bisher nur zum Telefonieren genutzt." Burgmann hatte langsam und deutlich gesprochen, er wollte verstanden werden und mit den jungen Leuten ins Gespräch kommen.

„Was willst du, hey?", fragte Sertan zurück. Das Mädchen musste lachen und gluckste in sich hinein, weil sie sich nicht vorstellen konnte, dass es Leute gab, die keine SMS schreiben konnten. Für sie war es, als hätte jemand gefragt, wie man ein Glas Wasser trinkt oder wie man popelt.

„Könnt ihr mir vielleicht zeigen, wie man eine SMS schreibt oder müsst ihr sofort aussteigen?", fragte Burgmann fast übertrieben freundlich.

„Wir fahrn bis Endstation. Kannst du wirklich keine SMS? Bist du krass, Mann."

Burgmann öffnete seinen Koffer einen kleinen Spalt breit und holte sein Handy hervor.

„Nein, ich kann nur telefonieren, SMS habe ich noch nie probiert."

Alle hatten instinktiv ihre Handys aus den Taschen genommen und kurz auf die Displays geschaut. Dann umschlossen sie ihre Geräte etwas fester mit der Hand, als wollten sie sich daran festhalten und etwas Sicherheit gewinnen, angesichts der für die Jugendlichen lästigen Situation. Sie mochten Burgmann nicht, weil er das Gegenteil von allem verkörperte, was sie als cool empfanden, und weil sie einfach keine

Routine im Umgang mit deutschen Rentnern hatten. Jeden Tag saßen sie ihnen zwar in der S-Bahn gegenüber, aber man redete nicht miteinander. So war das eben. Man war inkompatibel, was sich schon bei den Körpern und den Klamotten zeigte. Burgmann trug ein enges T-Shirt, das die Kraft seines immer noch muskulösen Rentnerkörpers betonte, dazu eine altmodische, knapp sitzende Jeans und eine teure, braune Lederjacke von der Sorte, die 50 Jahre hält. Die Jugendlichen waren alle zu dick, zwar nicht fett, aber deutlich zu dick und ein wenig aufgequollen. Auch das Mädchen hatte mit ihren siebzehn Jahren bereits ein sich deutlich abzeichnendes Bäuchlein, das größer war als ihr Hintern und von dem zu knappen T-Shirt freigegeben wurde. Was an körperlicher Grazie und Haltung fehlte, kompensierten die Jugendlichen mit aufwändiger Pflege des Gesichtes. Die Jungen trugen sorgfältig rasierte Kinnbärtchen, sie hatten einzelne blonde Strähnen im Haar und faltenlose noch ganz leicht kindlich-speckige Gesichter, die sie glatt cremten. Sie trugen diese deutschtürkische Variante des Hip-Hop-Looks, der immer ein bisschen lächerlich wirkte, wenn man ihn mit dem richtigen schwarzen Bronx-Stil verglich. Es waren Jungs, die sich um Ausbildungsplätze als Einzelhandelskaufmann bewarben und sich anzogen wie US-Rapper.

„Blöde kleine Schwuchteln!", dachte Burgmann,

aber er zwang sich, seine Abneigung nicht zu zeigen.

„Hey, weissu, Kerstin zeigt dir, wie SMS geht, aber was hast du für eine schwule Handy, zeig mal, boah ey, die alte Siemens. Die hat noch nisch mal mp3 Sound, guckst du." Sertan hatte Burgmanns Handy genommen und seinen Kumpels Mehmed und Salahaddin unter die Nase gehalten.

„Krass, Mann", sagte Sertan, „Siemens me45, hatte isch, wie isch ganz klein gewesen bin, war meine erste Handy, Mann." Kerstin, die jetzt als Deutsche zu erkennen war, nahm unwillig die Pflicht auf sich, Burgmann in die Geheimnisse des SMS-Schreibens einzuweihen. Ganz plötzlich wandelte sie ihren Jargon und sprach mit Burgmann im Stil einer Arzthelferin.

„Schauen Sie", begann Kerstin, es ist wie bei einer alten Schreibmaschine, die Buchstaben auf den Tasten sind wie die Buchstaben einer Schreibmaschine oder wie bei einem Computer-keyboard... ."

„Ach so?", antwortete Burgmann und stellte sich dümmer als nötig. „Aber warum sind denn drei Buchstaben auf jeder Taste?" Burgmann hatte wie alle in seiner Spezialeinheit eine Ausbildung als Funker erhalten und war schon in den frühen Achtzigern mit Computern in Berührung gekommen. Er wusste mehr über Informationstechnologie als die Gang es sich je würde vorstellen können. Er wusste auch, wie der Mossad Handys mit Sprengstoff so präparierte, dass sie explodierten, wenn sie von einer bestimmten Nummer angerufen wurden. Doch er stellte sich unwissend, aber gelehrig, so dass es Kerstin langsam sogar Spaß machte, ihm ihre Kenntnisse zur Verfügung zu stellen. Sie fühlte sich überlegen und wichtig.

Als Burgmann in den Achtzigern die Truppe verlassen hatte, gab er Selbstverteidigungsseminare, die sehr gut liefen, weil er noch immer von seinem Ruhm und seinem Namen profitierte. Die Teilnehmer saßen da und dachten bei sich: „Dieser Mann hat wirklich getötet." Diese Tatsache allein faszinierte, und die paar Schulterwürfe, die Burgmann seinen Kunden zeigte, um die Zeit herumzukriegen, waren dagegen zweitrangig. Das Geschäft lief gut, bis seine Frau plötzlich starb. Er verlor jeden Halt darüber, obwohl die Liebe seit langem aus der Beziehung gewichen war. Er hatte gar nicht bemerkt, in welchem Ausmaß sie ihn stabilisierte, wie sie ihn ausbalancierte und bei der Stange hielt. Nach ihrem Tod begann er zu trinken und computersüchtig zu werden. Er sah sich im Internet die Pornoseiten an und onanierte vor dem Rechner bis zur völligen Ermattung. Auf diese Ermattung kippte er dann Bier, viel billiges Bier, bis er schlafen konnte. Wieder wach geworden, warf er den Computer an und der Kreis drehte sich weiter. Als seine Selbstachtung vollends am Boden war, stellte er eine Videokamera auf und filmte sich dabei, wie er vor dem Computer onanierte, sich anschließend betrank und dabei in ein sentimentales Lamento verfiel. Betrunken prostete er den Kameraden von einst zu, rief sie bei ihren Namen, erzählte Witze und sang Hits aus den siebziger Jahren. Burgmann musste sich tags darauf zwingen, um sich die Videoaufnahmen bis zum Ende anzusehen. Der Selbstekel kannte keine Grenzen, und in einem Anfall von Jähzorn warf er den teuren Computer auf den Boden und die restlichen noch vollen Flaschen in den Altglascontainer, bis unten ein Rinnsaal aus Bier hervortropfte. Er stand genau an der Kippe zwischen starkem Trinker und echtem harten Alkoholiker. Und nur die Disziplin, die er sich in der Spezialeinheit antrainiert hatte, rettete ihn vor dem totalen Absturz und die Einweisung in die staatlichen Institutionen, die für solche Fälle vorbereitet waren.

Zuerst musste er seinen Körper wieder auf Vordermann bringen. Er begann damit, langsame Runden durch den Stadtpark zu joggen. Die gestoppten Zeiten waren erbärmlich, besserten sich aber rasch. Er trainierte wieder Liegestütze und Sit-ups, bis er im Laufe eines halben Jahres wieder in Form war. Körperlich.

Dennoch ging es Burgmann nicht richtig gut.

Er hielt sich zwar mit viel Sport und Gängen in die Bibliothek auf Trab, zwängte sich in einen engen Terminkalender aus selbstgewählten Verpflichtungen, baute sich sein eigenes kleines Kommissleben, brauchte aber Monate, um benennen zu können, was ihm wirklich fehlte: Er war einsam. Fast 15 Jahre hatte er im Rampenlicht gestanden, er war ein B-Promi, wie man heute sagt, und seine Frau hatte ihn ausbalanciert und ihm Wärme gegeben, die er erst bemerken konnte, als sie nicht mehr da war. Es gab keine Augen mehr, die sich auf ihn richteten, und das verletzte ihn. Keine Publicity und keine Nestwärme, weder äußerer Ruhm, noch Intimität waren Bestandteil seines Rentnerlebens. Aber er war entschlossen, sich das alles zurück zu holen. Burgmann wollte die Siebziger zurück, mit all ihrem Glanz, er wollte erkannt werden, gegrüßt und eingeladen, und er wollte, dass die Frauen ihn ansahen, und er wollte zwischen ihnen wählen können.

„Natürlich geht es schneller, wenn Sie nicht jeden Buchstaben einzeln eintippen, darum gibt es ja T9!" Kerstin war geduldig und es waren noch vier Stationen zu fahren.

„Geil", sagte Burgmann, aber das Wort saß bei ihm nicht richtig, „das Telefon rät dann quasi, welches Wort ich schreiben will, und darum muss ich nicht den ganzen Text schreiben?"

„Klar, ich glaub, jetzt haben Sie es. Dann müssen Sie nur noch entscheiden, an wen sie die SMS schicken wollen, und fertig." Kerstin fühlte sich gut.

„Schreibst du doch SMS an Kerstin schreibst du isch liebe disch", schlug Sertan vor und freute sich über seinen Witz. Er nuckelte an seinem Red Bull und sah zu, wie Burgmann an seinem Handy herumwerkelte. Kerstin gab ihm ihre Nummer und wunderte sich ein wenig, dass er sie sich ohne Mühe einprägen konnte. Burgmann tippte in sein Handy: „Hallo Kerstin, ich liebe dich, Ralf." Kerstin musste lachen, als sie die SMS auf ihrem schönen flachen Nokia empfing, und sie überlegte, wie es wäre, wenn man wirklich Ralf heißen würde. Kerstin als Name war schon schlimm genug.

„Korrekt, Alter, hey du hasschon enddrauf, wie geil ist das denn." Sertan war erstaunt, wie schnell Burgmann die Kunst des SMS-Schreibens erlernt hatte, aber er war nicht misstrauisch und hielt Burgmann einfach für einen kolossalen Checker. Kerstin hingegen war die Sache nicht geheuer. Sie hatte seine Hände beim Tippen beobachtet, und obwohl Burgmann absichtlich ein paar kleine Fehler gemacht hatte, war ihr nicht entgangen, dass seine Bewegungen für einen Anfänger viel zu geschickt waren.

„Was bist du für eine arme Sau!", dachte Kerstin.

„Ziehst diese Handynummer ab, nur um ein wenig zu labern, mein Gott, was für eine arme Sau."
Kerstin war wesentlich sensibler als ihre Freunde, die für die Nöte eines Ralf Burgmann nicht mal Vokabeln hatten. Im Gegenteil, Burgmann war in ihrer Achtung ziemlich schnell gestiegen, seit er die SMS-Angelegenheit so schnell begriffen hatte. Burgmann öffnete erneut seinen Koffer und zog jetzt ein Springmesser heraus. Kerstin hielt ihre Hände vor den Mund und rief: „Oh my god!" Sertan berappelte sich ziemlich schnell, ein Umstand, den Burgmann genau beobachtete, und schrie: „Hey Alter, was machst du für Scheiße, Mann, hey, kein Konflikt oder so."

„Das schenke ich euch", sagte Burgmann mit ruhiger Stimme, „schaut es euch an, es ist ein wirklich gutes Springmesser." Burgmann ließ die Klinge mit einem Klick herausfahren, achtete aber darauf, nicht mit der Klinge auf die Jugendlichen zu deuten.

„Damit kannst du dich rasieren, so scharf ist das", sagte Burgmann. Ganz langsam ließ er die Klinge über seinen Unterarm gleiten und fügte sich eine leichte Schnittwunde zu.

„Du biss so was von durchgeknallt, Mann, ey, lass die Scheiße, Mann." Sertan war aggressiv und ängstlich zugleich. Mehmed und Salahaddin starrten auf Sertan, und Kerstin kaute auf ihren langen, kunstvollen French-Nails herum.

„Seht es euch mal an, ihr könnt es behalten", sagte Burgmann und entspannte die Situation damit gerade noch rechtzeitig. Er fasste das Messer bei der Klinge und reichte es mit dem Griff voran Mehmed, der es zögernd ergriff. Offensichtlich war es viel besser gearbeitet als die billigen Imitate vom Hauptbahnhof.

„Keine Panik, probier mal, wie es in der Hand liegt", beruhigte Burgmann weiter. Mehmed wog das Messer in der Hand, es fühlte sich schwer, kühl und gefährlich an. Dann reichte er es an Sertan weiter. Die Jungen hatten jetzt begriffen, dass das kein Angriff war, nur Kerstin blieb misstrauisch.

„Lest mal, was da auf der Klinge steht!", forderte Burgmann Sertan auf. Sertan führte das Messer dicht vor die Augen und entzifferte langsam die winzig ziselierte Gravur. „So.. Soo.. Solingen....rostf...Solingen rostfrei."

Wenn man aus einer Gruppe den Führer tötet, wehrt sich die Gruppe nicht sofort, sondern ist für längere Zeit reaktionsunfähig. Das wusste Burgmann sowohl aus der Anti-Terror-Ausbildung als auch aus Erfahrung. Zügig, aber nicht hastig holte er seine Armeepistole aus dem Koffer und schoss Sertan aus nächster Nähe in die Stirn. Kerstin schrie, während die anderen beiden Jungen in eine Schockstarre verfielen. Als Sertans Körper in sich zusammensackte, zielte Burgmann ruhig auf Mehmed und Salahaddin.

Bei beiden traf er das Herz. Er wollte sie töten, nicht quälen. Kerstin war nicht wie erwartet in eine Schockstarre gefallen, sondern wimmerte in ihrer Sitzecke.

„Bitte nicht, lieber Gott, bitte bitte nicht!"

„Es wird nicht wehtun." Jetzt zitterte Burgmann ganz leicht und umfasste die Waffe mit beiden Händen: „Und ich werde dir eine SMS in den Himmel schreiben. Um dich ist es wirklich schade. Tut mir Leid", sagte Burgmann und ärgerte sich über sein sentimentales, unprofessionelles Gelaber. Dann schoss er Kerstin ins Gesicht.

An der nächsten Haltestelle verließ er die S-Bahn und stellte sich der Polizei. Sie verhörten ihn gründlich, aber dennoch nicht besonders lange, und am nächsten Morgen schon hatte Burgmann seine Schlagzeile: „Rentner tötet vier jugendliche Schläger in Notwehr!" Die Story war einfach: Vier Jugendliche bedrohen einen Rentner in der S-Bahn und als sie ihn mit einem Messer verletzen, zieht der eine Waffe und tötet sie.

„Hart, aber gerecht!", dachte Deutschland. Schnell fand die Presse heraus, dass es nicht irgendein Rentner war, sondern der Burgmann, der damals mit der Spezialeinheit die deutsche Geisel herausgehauen hatte.

„Die haben aber so richtig den Falschen erwischt", dachte Deutschland, und auch, wenn die große überregionale Presse den Tötungsakt als überzogen erachtete, schwang zwischen den Zeilen eine klammheimliche Genugtuung mit. Erst Wochen später wurde richtig klar, wie präzise Burgmanns Tat den wunden Punkt in der Volksseele getroffen hatte. Omas forderten plötzlich selbstbewusst ihre Sitzplätze in der Straßenbahn ein, wenn ausländische Jugendliche darauf saßen, brave Hausmuttis trauten sich plötzlich, beim türkischen Gemüsehändler um den Preis zu feilschen, und sogar die Polizei zeigte wieder selbstsicher Präsenz in den Berliner Ausländervierteln. In die deutsche Geschichte ging Burgmanns Mord als *Burgmanns Wende* ein, sie wurde so etwas wie die deutsche Antwort auf den 11.9.2001 in Miniaturausgabe. Zwar ohne High-tech und ohne spektakuläre Bilder, aber als Auslöser einer kulturellen Trendwende.

Ralf Burgmann wurde natürlich freigesprochen. Er hatte in Notwehr gehandelt, und zweifelsfrei hielt der tote Sertan ein Springmesser in der Hand, dazu noch mit Burgmanns Blutspuren. Man erkannte ihn wieder, ihn, Burgmann, den alten Haudegen, und er erhielt mehr E-mails als er lesen konnte, fast alle zustimmend, viele explizit faschistisch. Die Rechtsextremen versuchten sogar, ihn als Spitzenkandidaten zu nominieren, aber er lehnte ab und heiratete eine

15 Jahre jüngere Journalistin. Im Großen und Ganzen hatte er seine Balance wiedergefunden. Allerdings schlief er schlecht und manchmal schlich er sich nachts mit seinem alten Siemens-Handy auf die Toilette und schrieb von dort aus eine SMS: „Kerstin, isch liebe disch!"

Tischmülleimer

Ülge legte die Käsescheiben mit einer gekonnten Bewegung zu schönen Wellen und ar-
rangierte diese auf der großen Cromarganplat-
te zu einem regelmäßig wogenden Käsemeer.
Seit drei Monaten war das jetzt ihre Arbeit,
und sie war froh darüber. Jeden Morgen stand
sie um fünf Uhr auf, fuhr in das Vier-Sterne
Hotel zur Frühschicht und richtete dort das
Frühstücksbuffet an. Wenn viel los war, half ihr
Doris dabei, die schon im dritten Lehrjahr war,
und wenn wenig los war, hatte Ülge die Verantwortung für den ganzen Frühstücksraum allein.
Sie hatte eine richtige Lehrstelle, einen ordentlichen Ausbildungsvertrag. Sie jobbte nicht,
sondern sie arbeitete. Ohne sonderliche Mühe
hatte sie ihren qualifizierten Hauptschulab-
schluss geschafft und anschließend ihre Sprache
verändert. Sie sagte jetzt nicht mehr: „Woah,
weissu, isch hab der schwule Nokia gecheckt,
voll Scheiße weissu." Sie hatte sich auch abge-
wöhnt, jede Gefühlsäußerung mit „oh my god"
zu beginnen. Sie redete jetzt einfach so wie ihre
Lehrer, was ihr gar nicht so schwer viel, es war
einfach eine Sache der Gewohnheit. Ihr Bruder
Murat hatte sie ausgelacht, als er erfuhr, dass
sie diese Hotellehre machen wollte. „Is dasselbe
wie Nutte, weisschon!" Murat und seine Kum-

pels hatten sie dann mit hämischen SMS bombardiert und sie damit aufgezogen, dass sie im ersten Lehrjahr nur 600 Euro verdienen würde, einen Bruchteil der Summe, um die es bei den Geschäften ging, die Murat und seine Kumpels planten. Nur dass Ülge wirkliches Geld verdiente, Geld, das regelmäßig auf ihrem Konto einging, während Murat und seine Kumpels Phantasiegeld aus Phantasiegeschäften verdienten. Es waren Deals des Typus *Brutto gleich Netto und Vision gleich Wirklichkeit.* Dabei ging es fast immer um frisierte SIM-Karten oder Kontakte zu einer geheimnisvollen Chinesin, die Kim hieß und angeblich EC-Karten so manipulieren konnte, dass man damit nahezu unbegrenzt Geld abholen konnte. Murats Geschäftsidee funktionierte ungefähr so: Kim ausfindig machen, sie zu einem Wodka-Redbull einladen, sie dann richtig hart rannehmen, so wie in seinem Lieblingsfilm. Sein Lieblingsfilm, den er immer auf seinem Handy mitführte, hieß *Black Monstercocks in tiny white assholes.* Anschließend wären sie ein Paar, das heißt er würde ihr ein wenig Liebe vorspielen, aber Kim würde ihn, Murat, wirklich lieben. Er würde Kim beschützen, und sie würden in Istanbul luxuriös vom Verkauf der manipulierten EC-Karten leben. Als Ülge dann den Ausbildungsvertrag unterschrieben hatte, verlangte Murat sofort 30% ihres Gehaltes als Vermittlungsgebühr, denn schließlich hätte sie es ihm zu verdanken, dass sie nicht sofort heiraten oder bei Onkel Ahmed die Regale auffüllen musste. Ülge hatte bitterlich geweint und dann ihre Freundinnen angerufen. Aisha kam sofort.

„Das machst du auf keinen Fall", hatte die dicke Aischa gesagt und ihr Springmesser hervorgeholt, das man bei ihrem toten Bruder gefunden hatte, der von einem irren Nazi in der S-Bahn erschossen worden war. „Auf gar keinen Fall machst du das", sagte sie, umklammerte ihr Messer und ging in Murats Zimmer.

„Ey, Murat, wenn Ülge auch nur einen scheiß Euro abgeben muss, hörst du, nur einen scheiß Euro, dann wachst du auf und hast deinen Schwanz im Mund! Hast du mich verstanden?" Aischa hatte das in fehlerfreiem Türkisch gesagt, was auf Murat, der kaum noch türkisch sprach, einen enormen Eindruck machte.

Seit jenem Tag konnte Ülge in Ruhe ihrer Arbeit nachgehen und sie hatte Freude daran. Es machte ihr nicht viel aus, so früh aufzustehen. Der Frühstücksraum war im Winter schön geheizt und sie konnte vor ihrer Arbeit ausgiebig frühstücken und zwischen all den leckeren Sachen wählen, die sich in der Hotelküche befanden. Nur Lachs und Scampi waren Tabu und Alkohol natürlich, aber Ülge trank grundsätzlich nicht. Richtig gemütlich konnte es morgens sein, wenn die große Kaffeemaschine ihren Duft

verströmte, der sich durch den Frühstücksraum und weiter durch die ganze Hotelhalle
ausbreitete. Sie richtete die Käseplatten an, die
Wurstplatten, die Schinkenplatten, füllte die
Variationen von Frühstücksflocken auf, ebenso
die große Milchkanne, den gekühlten Orangen-
und Grapefruitsaft und all die tausend kleinen
Dinge, die zu einem Frühstück in einem Vier-
Sterne-Hotel dazugehören. Zum Schluss kamen die Fischplatten, die besonders ordentlich
aussehen mussten, die Gäste waren da penibel.
Fischplatten unterscheiden schließlich ein Vier-
Sterne-Hotel von einem Drei-Sterne-Hotel, jedenfalls beim Frühstücksbuffet.
So richtig gern arbeitete Ülge in dem Hotel,
seit sie einmal ein Gespräch zwischen der Empfangschefin und dem Marketingleiter mitgehört
hatte.
„Und, wie macht sich unsere kleine Türkin?",
hatte der Marketingleiter gefragt.
„Die ist super, du, echt super. Die sieht die Arbeit. Die sieht echt die Arbeit!", hatte die Empfangschefin geantwortet, obwohl sie sich Ülge
gegenüber immer etwas reserviert benahm.
Ülge sah die Arbeit, was man von den wenigs-
ten der neuen Auszubildenden behaupten konnte. Sie sah es, wenn irgendwo Kaffee fehlte. Sie
kam dann gleich mit einer Kanne an den Tisch
und fragte: „Noch etwas Kaffee?", so dass die
aufmerksameren unter den Gästen sich fragten,

wie sie bei dreißig Anwesenden im Frühstücksraum auf zehn Meter Entfernung eine einzelne leere Kaffeetasse bemerken konnte. Sie hatte auch gelernt, 150 Eier so zu kochen, dass das Weiße fest und das Gelbe schön cremig, aber nicht flüssig war. Sie sah die Schlüssel und Handys, die die Gäste regelmäßig auf den Tischen vergaßen, und noch ehe sie panisch anfingen zu suchen, trat Ülge auf sie zu und überreichte das Verlorene mit einem diskreten Lächeln. Einmal hatte ein Münchner Wirtschaftsanwalt seine Kreditkarte verloren und Ülge hatte sie nach der Spätschicht in der Ritze eines Sofas in der Bar gefunden. Der Idiot hatte mit einem Filzstift seine Geheimnummer auf der Rückseite notiert. Nun handelte es sich aber nicht um die private Kreditkarte des Anwalts, sondern um die für das Geschäftskonto der Kanzlei. Und weil es für die Kanzlei nichts Ungewöhnliches war, Mandate in der Größenordnung von mehreren Millionen Euro abzuwickeln, hatte der Anwalt noch in der Nacht ziemlich nervös im Hotel angerufen. Natürlich vermutete er, dass diese Karte, die ziemlich genau Murats Traum entsprach, gestohlen worden war. Und wie Anwälte so sind, schwang das Wort *Rechtsweg* im Subtext der Unterhaltung mit. Am nächsten Morgen ließ der Hoteldirektor die gesamte Mannschaft antreten und erläuterte die Situation.

„Also, weiß irgendwer irgendetwas über diese

verdammte Karte?", hatte er gefragt und versucht, dabei professionell ruhig zu bleiben. Die Mitarbeiter sahen einander nervös und neugierig an.

„Ich hab sie gestern Abend gefunden", hatte Ülge nett geantwortet und damit alle Blicke auf sich gezogen. Sie konnte das Misstrauen spüren wie eine kalte Dusche an einem verkaterten Morgen.

„Und wo ist das Scheißding?", wollte die genervte Empfangschefin wissen.

„Hab ich in den Safe gelegt und einen gelben Zettel drangemacht. Gehört diesem Anwalt aus Nr. 23."

Der Direktor hatte die Karte dann persönlich dem Anwalt übergeben, der sofort online geprüft hatte, ob auf dem Konto alles okay war. Es war okay.

„Wissen Sie", hatte der Hoteldirektor dem Anwalt gegenüber mit einem gewissen Stolz gesagt, „wir wählen unsere Mitarbeiter schließlich nicht nach dem Zufallsprinzip aus."

Drei Tage später zeigte die Empfangschefin Ülge das Versteck für den Generalschlüssel. „Falls mal was ist."

Aber Ülge sah nicht nur Arbeit, sie sah vor allem die Menschen. „Es gibt *Haves* und *Have-Nots*", hatte Doris ihr ganz zu Anfang erklärt, „und die musst du unterscheiden können."

Die *Haves*, die Ülge in ihrem Frühstücksraum

sah, unterschieden sich vollkommen von der Vorstellung, die sie und ihre Freundinnen sich in der Schule von reichen Leuten gemacht hatten. In der Schule waren ihre Vorbilder Shakira, Beyonceé, 50-Cent, Heidi Klum und Dieter Bohlen gewesen. Bunte Menschen mit coolen Sprüchen, die entweder auf einer Party oder auf einem Konzert oder im Fernsehen waren und so viel Geld hatten, dass sie es nicht ausgeben konnten. Die *Haves* im Hotel hingegen waren anders und Ülge konnte sie bald bereits an ihren Fingernägeln erkennen, zumindest bei den Frauen. Als Ülge zwölf Jahre alt war, hatten sie und ihre Freundinnen sich rote Nagellackpunkte auf die Finger getupft. Mit vierzehn klebten sie sich verlängerte Plastiknägel aus dem Drogeriemarkt auf die Finger, später sparten sie auf richtige Maniküre mit möglichst langen French-Nails. Alle ihre Vorbilder hatten French-Nails, das sahen sie in den Zeitschriften. Aber die Frauen im Hotel, die ohne mit der Wimper zu zucken 1.000 Euro für drei Nächte bezahlten und dann 50 Euro Trinkgeld gaben - an das Trinkgeld hatte sie überhaupt nicht gedacht, als sie ihre Ausbildung begann, und sie hütete sich davor, Murat etwas davon zu erzählen - diese Frauen benutzten allenfalls etwas blassen Nagellack, wenn überhaupt. Die meisten von ihnen brachten ihre Nägel lediglich mit einem Polierkissen auf Hochglanz. Und die

Klamotten: da gab es keine tief ausgeschnittenen Kleider und keine String-Tangas. Die trugen Kostüme in gedeckten Farben aus Stoffen, die knitterfrei an ihren Körpern herunterflossen. „Es gibt Damen und Tussis", hatte Doris gesagt, „und wenn du bei einer Frau die Zehen sehen kannst, jedenfalls in der Öffentlichkeit, ist es eine Tussi."

Es schien mehr Codes und kleine Geheimnisse zu geben, die die Reichen untereinander teilten, als Ülge vorher je gedacht hätte.

„Was ist denn eigentlich eine BB?", wollte Ülge einmal von Doris wissen.

„Eine BB ist eine Blackberrynummer. Wenn dich z. B. einer nach deiner BB fragt, will er nicht deine Nummer wissen, sondern ob du einen Blackberry hast oder bloß ein normales Handy. Wenn du nämlich einen Blackberry hast, hast du auch eine echte mobile Internetflatrate, und wenn du die hast, kannst du auch im Taxi PDF-Dateien lesen, die dir jemand zumailt, und wenn dir im Taxi jemand PDFs zumailt, die du unbedingt sofort lesen musst, bist du wahrscheinlich schon ein bisschen wichtig."

„Das ist doch Quatsch!", fand Ülge.

„Ach ja? Hat dir schon mal einer eine PDF-Datei ins Taxi geschickt?", fragte Doris, die wusste, dass der Punkt an sie gehen würde.

„Nee", sagte Ülge.

„Und, was hast du, Blackberry oder Handy?"

„Weißt du doch!", antwortete Ülge.
„Siehste."

Leicht verkatert wachte Alexandra auf. Leicht verkatert ging noch. Leicht verkatert bedeutete, dass eine Dusche und ein sorgfältiges Make-up die Sache wieder in Ordnung bringen würden. Verkatert bedeutete, dass ihre Kolleginnen ihren Zustand bemerkten und einige süffisante Bemerkungen machten. Schwer verkatert bedeutete, dass sie sich mit Kopfschmerzen ins Büro schleppen musste und das Bewusstsein erst am Mittag wie durch eine kleine Düse in ihr Gehirn zurückströmte. Bei einem schweren Kater sah es jeder und man verkniff sich anstandshalber eine Bemerkung, weil es ja auch eine richtige Krankheit sein könnte, zum Beispiel eine frische Krebsdiagnose. Aber schwere Kater kamen nur selten vor, und heute war es ein zum Glück nur leichter Kater, Kategorie 3 auf der nach oben offenen Skala. „Ausgerechnet Zimmer 23", dachte Alexandra, die vor schwierigen Situationen immer abergläubisch wurde, vielleicht gerade deshalb, weil sie als Leiterin der Marketingabteilung einer Werbeagentur immer mit nüchternen Zahlen argumentierte. „Alles Blöde hat mit Alkohol, Männern oder mit der 23 zu tun!" Im Internet hatte sie viel über die Bedeutung der 23 gelesen. Vielleicht ein Omen für übermorgen? Übermorgen musste sie zur Krebsvorsorgeuntersuchung ins Krankenhaus. Krebs war das Wort der Worte, es wirkte auf sie so, wie das Wort Satan auf den mittelalterlichen Menschen gewirkt haben musste, eine Purifikation des Grauens. Krebs war in ihrem Leben zu einer Zwangsvorstellung geworden. Es gab kaum noch Begriffe oder Gegenstände, bei denen sie nicht irgendeine Verbindung zu Krebs herstellen konnte. Bei *Pommes* z.B. dachte sie sofort an die fiesen kleinen chemischen Reaktionen, die beim Frittieren ablaufen und Krebs verursachten. Bei *T-Shirt* dachte sie an die gefährlichen Bleichmittel und bei *Rotwein* an die angeblich prophylaktische Wirkung. Aber das waren nur leichte Worte, es gab auch ganz schlimme, *Chemie* zum Beispiel. Bei *Chemie* dachte sie immer an Cisplatin, eine Hauptsubstanz in der Chemotherapie, die das Zellwachstum behinderte, aber auch die Haare ausfallen ließ und manchmal sogar die Fingernägel.

Vor einer Krebsvorsorge war sie zu Nichts zu gebrauchen und bekam sich nur mit Mühe in den Griff. Sie trat im Bademantel auf den Balkon und rauchte eine Zigarette. „Eine völlig unschädliche Zigarette, die genauso schmeckt wie eine Phillipp Morris, dass wäre ein Milliardending", dachte sie, „oder noch besser ein kleines Gerät für die Handtasche, das man abends rausholt, zehn Sekunden lang an den Kopf hält und dann auf einem schönen, blau beleuchteten Display abliest: *Herzlichen Glückwunsch, Alexandra, Sie haben keinen Krebs.* Wenn man so seinen Tag beenden oder noch besser beginnen könnte, wäre das ganze Leben viel besser.

Alexandra ging ins Bad und betastete ihre Brust. War da nicht ein Knötchen? Oder war das eine Milchdrüse? Und dieses Ziehen im Bauch oder die regelmäßig wiederkehrende Verstopfung. 80.000 Deutsche sterben jedes Jahr an Darmkrebs. Mit Statistiken kannte sie sich aus. Letztlich lief es darauf hinaus, dass jeder Dritte an Krebs starb. Sie rauchte, und über den Daumen gepeilt taxierte sie die Wahrscheinlichkeit an Krebs sterben zu müssen, auf realistische 50%. Genau wie beim Münzwurf. Darum versäumte sie keinen Vorsorgetermin, sie machte sogar mehrere Termine bei verschiedenen Ärzten, um ganz sicher zu gehen. Die Wochen nach einer Untersuchung waren herrlich, aber die Tage davor waren grässlich, und dieses war ein solcher Tag.

„Nein, da ist nichts, rein gar nichts ist da. Oder doch? Scheiße." Sie hörte auf, ihre Brust zu betasten, weil man als Laie sowieso nichts fühlt. Sie duschte sich kalt, weil das gut für die Haut war und den leichten Kater vertrieb. Als sie sich frottiert hatte, stellte sie sich nackt vor den großen Kommodenspiegel um sich zu betrachten. „Ist doch gar nicht schlecht, gar nicht so übel!" Mit ihren 45 Jahren war sie immer noch schön.

Ein Kollege hatte neulich zu ihr gesagt, dass die Männer sich mittlerweile einen neuen Blickwinkel zugelegt hätten.

„Weißt du, ganz im Ernst", und es hatte so geklungen, als würde er ihr wirklich ein Geheimnis anvertrauen, „wir Männer schauen eher auf die Vierzigjährigen als auf die Zwanzigjährigen, und weißt du auch warum? Weil diese jungen Tussis keine Klasse mehr haben. Verstehst du? Die sind zu fett und saudumm, außerdem haben sie keine Figur mehr. Die haben alle einen kleinen Schwabbelbauch und bekloppte H&M-T-Shirts. Und keinen Arsch. Die Ärsche sind einfach weg. Was meinst du, wie die aussehen, wenn die mal vierzig sind. Vierzig Jahre McDonalds, und man sieht aus wie ein Hängebauchschwein."

Alexandra fragte sich, ob das ein vulgäres Kompliment gewesen war oder ein Bekenntnis. Es hatte aufrichtig geklungen und es war auch was daran. Sicher, die Haut einer Vierzigjährigen kann nicht mit der Haut einer Zwanzigjährigen konkurrieren, es bilden sich die ersten ganz leichten Altersflecken und die Fältchen kommen, so oder so, aber gegen den Bauch kann man was tun, und außerdem gibt es nicht nur den Body Mass Index, sondern es gibt auch Figur. Es gibt den rundlichen Typ, der durchaus Figur hat, und es gibt den Typ, der zwar schlank ist, aber dabei keine Haltung hat. Das war eine Sache des Charakters. Alexandra hatte beides, sie war schlank und sie hatte Klasse. Sie hatte sogar ihr eigenes System, um diese Klasse zu erhalten. Sie wog 52 Kilo, und wenn die Waage die 52 zu überschreiten drohte, stellte sie die Nahrungszufuhr ein, bis die Waage wieder 50 zeigte und ein beruhigender Puffer entstand.

Die Männer sahen sie noch an. Auch die richtigen Männer sahen sie noch an. Die Richtigen, das waren solche, die ein paar Mindestkriterien erfüllten: Fester Job, ordentliche, saubere und wenn möglich modische Kleidung, dazu etwas Geld, eine Wohnung und ein Auto.

Ülge hatte keinen Freund und sie wollte zur Zeit auch keinen. Sie wollte das Frühstücksbuffet herrichten, ihre Ausbildung abschließen und in ihrer Freizeit mit ihren Freundinnen durch die Stadt ziehen. Gelegentlich ein neues T-Shirt zu kaufen, das reichte schon. Es war nicht so, dass sie keine Jungs mochte, aber sie hatte einfach keine Zeit für Männer. Früh- und Spätschicht wechselten sich ab, manchmal gab es Doppelschichten, nach denen sie für zwei Tage k.o. war. Manchmal musste sie in der Spätschicht um Mitternacht noch den großen Tagungsraum vorbereiten. Das waren fünfzig schwere Tische und hundert Stühle, die exakt ausgerichtet werden mussten, da kannte die Empfangschefin kein Pardon. Murat hatte sie einmal um Mitternacht von der Spätschicht abgeholt und ihr geholfen, die schweren Tische ganz symmetrisch anzuordnen. Dabei hatte er gestöhnt und seither kam er nicht mehr, um sie abzuholen. Ülge bemerkte, wie sie Muskeln in Schultern und Oberarmen bekam.

Sie war auch froh darüber, dass sie zur Zeit keinen Freund hatte, weil das die häusliche Lage entspannte. Ihr Vater fand es besser, wenn sie regelmäßig arbeitete, als wenn sie mit Murat und seinen Kumpels durch die Stadt zog. Dann machte er sich Sorgen, und nicht zu Unrecht. Ülge hatte in ihrer Verwandtschaft auch Mädchen gesehen, die ihre ganze Jugend damit verbrachten, von einer Hochzeit zu träumen. Mit siebzehn waren das geheimnisvolle orientalische Schönheiten, und mit fünfundzwanzig hatten die vier Kinder und sahen aus wie der Marshmallow-Mann aus Ghost-Busters. Kein Wunder, dass die ihre weiten schwarzen Gewänder überzogen. Mit vier Blagen in der Küche zu stehen, jeden Abend einem Typen wie Murat zu Willen zu sein und eventuell nicht mal ein eigenes Handy zu besitzen, das war das Letzte was sie wollte, und das war es, was ihren Händen die Fähigkeit verlieh, wunderschön regelmäßige Käseplatten anzurichten und ihren Augen die Fähigkeit verlieh, leere Kaffeetassen und Menschen ganz genau zu sehen.

Zwar genoss es Alexandra, dass die Männer sie noch ansahen, aber sie fand doch, dass die Männer sich entschieden verändert hatten. Als sie ihre letzte große Liebe Mark einmal gebeten hatte, ihre Brust zu betasten, hatte er gesagt, dass sie tolle Nippel habe. *Tolle Nippel* hatte er nur gesagt, um nicht *geile Nippel* zu sagen. Sie hätte sich gewünscht, dass er *hübscher Busen* gesagt hätte oder noch besser gar nichts. Was glaubte dieser Idiot, warum sie ihn gebeten hatte, ihre Brust abzutasten? Weil das erotisch war? Weil sie eine verzweifelte Krebsangst hatte, natürlich. Erst jetzt wurde ihr klar, wie unglaublich der Trottel die Situation verkannt hatte: Sie litt Todesangst, und er wollte mit ihr schlafen. Daraus zog Alexandra den einzig richtigen Schluss, dass sie als Person ihn nicht im Mindesten interessiert hatte. Die Erinnerung machte sie nervös und trieb sie erneut im Bademantel auf den Balkon, um eine weitere Zigarette zu rauchen.

Dann zog sie sich an. Ihr hübsches blaues Kostüm hatte die Reise im Samsonite-Koffer schadlos überstanden. Während sie sich schminkte, fiel ihr Blick auf eine abgegriffene Frauenzeitschrift. *10 Top-Tipps, wie Sie Ihren Sexmuffel wieder flott kriegen.* Als sie ihr Make-up auftrug, musste sie plötzlich heulen. Eine Träne rann die Wange herunter und zerstörte die Arbeit der letzten fünf Minuten. Sie wurde fahrig und nervös, fast hysterisch. „Bleib ganz cool, Alex, ganz cool, nicht nervös werden." Aber ihre Beschwörungsformel wirkte nicht und sie dachte an ihr erstes Mal. Ziemlich genau dreißig Jahre war das jetzt her. Sie und Torsten hatten sich am Waldrand geküsst, bis die Lippen wund waren, und es hatte fast zwei Stunden gedauert, bis sich seine Hände von ihrer Hüfte bis zu ihrer Brust hochgearbeitet hatten. Ganz vorsichtig nur hatte er sie berührt, und als sie etwas nachhalf und ihre Bluse öffnete, hatte er sie verträumt angesehen, minutenlang. Als er in sie eindrang, kam er nach zehn Sekunden und sie überhaupt nicht, aber dennoch war dieser Abend am Waldrand vor der Kleinstadt prägend für das, was sie unter romantischer Liebe verstand. Wo zum Teufel war das alles hingegangen? „We are all oversexed and underfucked!", rappte sie vor sich hin. "Wo zum Teufel ist die Scheißromantik geblieben?" Alexandra hatte den Verdacht, dass die Männer ihre Vorstellung von Erotik in zunehmendem Maße aus Hardcore-Filmen bezogen. Sie kannte die Zugriffszahlen der großen Sexserver. Warum sahen sich Milliarden von Männern diesen Dreck an?

Einmal hatte sie ihren Mut zusammengenommen und war in eine Videothek gegangen, um sich im Erwachsenenteil umzusehen. Der bebrillte Typ an der Kasse war gerade achtzehn und in sein Nintendospiel vertieft, was ihn viel mehr interessierte als die 2.000 Pornos um ihn herum. Mit hochrotem Kopf, aber professioneller Haltung fragte sie ihn, welcher Film am häufigsten ausgeliehen würde. „Kung Fu Panda", hatte der junge Mann geantwortet und kaum von seinem Nintendo aufgesehen.

„Nein, ich meine von den Filmen für Erwachsene!", hatte sie entschlossen gesagt. Widerwillig schaute der Jüngling in den Computer und sagte dann: „Also, im letzten Monat ging am besten *Black Monstercocks in tiny white assholes.*" Sie lieh sich den Film aus und als sie bezahlte, wünschte der junge Mann ihr viel Spaß damit. Was sie wunderte, war, dass in dem Satz kein bisschen Ironie mitschwang. Er hatte ihr einfach routinemäßig viel Spaß gewünscht, das war alles.

Den Film hatte sie dann eher als eine medizinische, denn als erotische Sensation empfunden. Unwillkürlich kniff sie ihren Po zusammen und stellte sich vor, dass 70% der Männer bei stark zunehmender Tendenz sich regelmäßig Filme wie *Black monstercocks in tiny white assholes* ansahen. Unwillkürlich musste sie an die Männer in ihrem Büro denken. Ob die sich auch solche Sachen ansahen? Natürlich taten die das, und natürlich leugneten die es alle.

Alexandra überlegte, was passieren würde, wenn alle Frauen genau wüssten, was deren Männer so auf dem Computer trieben. „We are all oversexed and underfucked", rappte sie weiter vor sich hin, während sie ihr Make-up zum zweiten Mal in Ordnung brachte. Und in dieser unguten Melange aus Krebsangst, Kater und absoluter sexueller Frustration betrat sie den Frühstücksraum des hübschen Hotels. Als sie Ülge sah, hasste sie sie sofort und leidenschaftlich. Sie hasste ihre Ausgeglichenheit und Natürlichkeit, und sie hasste die stille Freude, mit der sie ihre Arbeit verrichtete. Unwillkürlich musste sie sich Ülges Leben vorstellen, wie sie morgens ein paar Tassen Kaffe verteilte und dann wahrscheinlich von einer Bande orientalischer Liebhaber abgeholt würde. In einem geklauten Mercedes würden sie durch die Stadt fahren, Wodka-Redbull in toxischen Dosen trinken und sich an jedem uneinsehbaren Parkplatz lieben. Am meisten aber hasste sie Ülges Jugend, und ganz ohne Zweifel war Ülge wesentlich weiter davon entfernt, an einen Tropf mit Cisplatin angeschlossen zu werden, als sie selbst. Wie sehr sie sich auch anstrengte, den Kampf gegen das Sargliegen würde sie verlieren, und das machte sie ängstlich und wütend. „Hätten Sie gern etwas Kaffee?", fragte Ülge. „Woher wissen Sie, dass ich keinen Tee möchte?", fragte Alexandra gereizt zurück. Wirklich hatte Ülge nur eine Kaffeekanne mitgebracht, den Tee hatte sie auf der Anrichte stehen lassen.

„Ach, das sieht man so mit der Zeit", gab Ülge zurück. „Woran sieht man das denn?"

„Weiß nicht, die Leute, die Tee trinken, sind irgendwie cool und locker."

Ülge hatte ganz unbekümmert geantwortet und war dann zur Küche zurückgegangen, weil man es nicht gern sah, wenn die Bedienung zu lange mit den Gästen sprach. „We are all oversexed and underfucked", rappte Alexandra in Gedanken vor sich hin. Dann stand sie auf und ging zum Buffet. Sie stand jetzt kurz vor einem Zusammenbruch und ihre Hände gehorchten ihr nicht mehr richtig. Mit einer Gabel legte sie sich eine Scheibe Käse auf den Teller und zerstörte dann mit einer abrupten Bewegung Ülges hübsches Käsemeer. Ülge hielt das zunächst für einen Ausrutscher, aber dann sah sie, wie Alexandra mit der Gabel die Wurstplatten umpflügte und ein Gemetzel beim Fisch anrichtete, ausgerechnet beim Lachs, von dem sie sich auch noch reichlich auf den Teller legte. Normalerweise war Alexandra nicht so. Sie ging sonst möglichst dezent zum Buffet, musterte mit leichter Herablassung die Speisen und aß dann ein winziges Fruchtschälchen und einen Joghurt, vielleicht auch noch eine halbe Semmel mit Marmelade. Jetzt aber lud sie ihren Teller randvoll und machte mit der Gabel so viel Unordnung wie möglich.

„Was ist denn das für eine durchgeknallte Tussi?" Ülge war erschrocken und wandte sich an Doris.

„Weiß nicht, gestern Abend in der Bar war die noch ganz normal, bisschen zu viel Wein vielleicht, aber sonst ganz normal. Gutes Trinkgeld."

„Boah, schaust du!", Ülge war jetzt kurz davor, in ihren alten Slang zurückzufallen, als sie beobachtete, wie Alexandra an ihrem Tisch nur ein ganz klein wenig vom teuren norwegischen Biolachs kostete und den Rest mit der Gabel in den Tischmülleimer beförderte.

„Die ist ja echt durchgeknallt", stellte Doris fest.

Alexandra stand auf und holte sich Nachschub. Sie nahm sich alle Scampi, was ein paar der anderen Gäste mit Kopfschütteln quittierten. Einen davon aß sie, die anderen beförderte sie zum Lachs in den Tischmülleimer.

„Hallo, haalloo!", rief Alexandra plötzlich ungeduldig, „kann ich bitte einen Prosecco bekommen?"

„Sofort", antwortete Ülge leise und professionell. Auch den Prosecco kostete Alexandra nur und schüttete den Rest auf den Lachs und auf die armen Scampi. „Fisch muss schwimmen", lachte Alexandra, die dem Zusammenbruch immer näher kam. Dann rappte sie wieder leicht irre vor sich hin: „We are all oversexed and underfucked." Als nächstes machte sie sich über die Wurstplatten her. Mit Sorgfalt legte sie eine Salamischeibe auf die andere, so dass ein schöner gleichmäßiger Wurstturm auf ihrem Teller entstand. Der Turm wurde so hoch, dass für alle Anwesenden völlig klar war, dass sie ihn nie würde essen können. Mit dem beträchtlich beschwerten Teller kehrte sie an ihren Platz zurück und begann damit, die Wurst Scheibe für Scheibe in den Tischmülleimer zu befördern, dessen Durchmesser mit dem der Wurst übereinstimmte. Sie vermanschte sämtliche Delikatessen mit der Gabel zu einem ekelerregenden Speisebrei. Dabei schluchzte sie ganz leise und rappte mit minimalen Lippenbewegungen vor sich hin. Ein seriöser Businesstyp vom Nebentisch hatte Alexandras Ausraster mit angesehen und war angewidert aufgestanden.

„Also jetzt reicht's", Ülge war ernstlich wütend. „Das sage ich ihr jetzt, die kann doch nicht machen, was sie will, die ist doch voll psycho!"

„Hey", sagte Doris, „wenn du einen Gast anmachst, bist du sofort deinen Job los. Einen Gast darfst Du erst anpunken, wenn er dir an die Wäsche geht oder wenn er eine Waffe hat oder so etwas."

„Aber siehst du denn nicht, die tickt doch nicht mehr ganz sauber." Ülge hatte so etwas noch nie gesehen, und Essen grundlos wegzuwerfen war für sie Tabu, auch im Hotel.

„Ist doch scheißegal, ob die es wegwirft, oder ob die Küche nachher den Rest in den Müll schmeißt." Doris war längst nicht so aufgebracht wie Ülge.

Alexandra hatte den Inhalt ihres Tischmülleimers inzwischen zu einem widerlichen gräulichen Mus verarbeitet. Ülge dachte an Aischa, wie sie Murat die Meinung gesagt hatte, und alles war dann ja gut gegangen. Sie war jetzt bereit, auf Alexandra loszugehen und ihr ganz gehörig die Meinung zu sagen, scheiß auf den Job. Aber Alexandra kam ihr plötzlich zuvor und schritt direkt auf sie zu. Mit letzter Energie riss sie sich zusammen und wandte sich mit leichter Herablassung an Ülge:

„Ich werde gleich auschecken, ob Sie so freundlich wären, mir die Rechnung zu machen? Danke!" Alexandra wartete Ülges Antwort nicht ab und ging in ihr Zimmer zurück.

Zehn Minuten später stand sie mit ihrem Koffer und makellosem Outfit an der Rezeption. Ülge hatte inzwischen die Rechnung vorbereitet.

„Zahlen Sie bar oder mit Karte?", fragte Ülge und hoffte, dass sie ganz normal klang.

„Bar."

„Das wären dann genau 158 Euro."

Mit Zeige- und Mittelfinger zog Alexandra lässig drei Hundert-Euro-Scheine aus ihrer schlanken Damengeldbörse und legte sie ordentlich nebeneinander auf die Rezeptionstheke.

Beide starrten auf den dritten, eigentlich sinnlosen Hunderter. Ülge hielt Alexandra zwar für durchgedreht, aber nicht für dumm. Alexandra vermutete die Verhältnisse bei Ülge genau anders herum. Unsicher machte sich Ülge daran, dass Wechselgeld herauszugeben. Alexandra bemerkte ihr Zögern und witterte den sicheren Sieg.

„Stimmt schon so", sagte Alexandra, aber es klang, als hätte sie gesagt:

„Nun mach schon, du blöde Kuh!" Sie hatte sich noch einmal wieder gefangen. Ungläubig starrte Ülge auf das über die Maßen üppige Trinkgeld.

„Boah ey, is ja endscool!"

Die Mutter aller Ehekrisen

„Los komm, sag ja, mach schon!", quengelte Jeff energisch.

„Nein, das ist Wahnsinn, das lassen wir bleiben." Wilbur war zögerlich wie immer.

„Doch, Mann, wir ziehen das durch." Jeff wollte das wirklich tun.

„Und unser Laden? Unsere Kohle? Wir kriegen eine Klage nach der anderen an den Hals."

„Wilbur, über den Daumen gepeilt, wie viel Geld hast du? Ich mein jetzt mal alles zusammengerechnet, die Firmenanteile, die Aktien, die Fast-Foodkette und die Edelmetalle?" Natürlich wusste Jeff, wieviel Wilbur besaß, es war lediglich eine taktische Frage.

„So ungefähr 3,2 Milliarden Dollar, plus-minus", antwortete Wilbur.

„Das heißt, du bist 3.200 Mal Millionär und ziehst jetzt den Schwanz ein?"

Jeff insistierte weiter. Er würde nicht locker lassen und irgendwann würde Wilbur weich werden. Die beiden saßen auf styroporkugelgefüllten Knautschsäcken in einem fabrikhallengroßen Raum, der aussah wie ein überdimensionales Kinderzimmer, das von einem LSD-inspirierten Innenarchitekten konzipiert worden war. Der Raum hatte verschiedene Funktionszonen.

So gab es die Fitnesszone, die angefüllt war mit

den abgefahrensten Trainingsgeräten, die Musikzone, die unter anderem einen Steinway Konzertflügel und ein komplett ausgestattetes Tonstudio enthielt. Weiter gab es die Foodzone, eine Art Privat-McDonalds, das rund um die Uhr Pommes, Pizza, Hamburger und Cola vorhielt. Wilbur und Jeff hatten 6 Millionen Dollar in ein Team aus Ernährungswissenschaftlern und Köchen investiert, und ihm den Auftrag erteilt, ein neuartiges, cooles Fast Food zu entwickeln, das genau wie bei McDonalds schmeckte, aber kaum Kalorien enthielt.

Dann gab es die Computerzone, von der aus sie ihr aus 1.000 Servern bestehendes Imperium überwachen konnten. Außerdem beinhaltete die Fabrikhalle noch die Businesszone, die wie ein normaler Konferenzraum mit schweren Ledersesseln ausgestattet war, falls konservative Besucher wie Senatoren zu Besuch kamen, die man nicht ohne weiteres auf die Knautschsäcke bitten konnte. Das Zentrum des Raumes aber bildete eine riesige Spielzone mit zigtausenden Legosteinen, die in einer geheimen Mischung aus Chaos und Ordnung auf einem grünen, kurzfaserigen Spielteppich herumlagen.

Wilbur und Jeff verbrachten ganze Tage damit, Cola-light zu trinken und um die Wette Murmelbahnen und Türme aus Lego zu bauen. Manchmal rief Kim an, um irgendwelchen geschäftlichen Kram zu besprechen, dann unterbrachen sie ihr Spiel etwas genervt. Kim war die einzige, die Wilbur und Jeff direkt anrufen konnte. Die einzige von 6 Milliarden Menschen. Keine Mutter, keine Ehefrau, kein Senator, nicht einmal der Präsident der Vereinigten Staaten konnte die beiden direkt erreichen, wenn sie so auf dem grünen Teppich lagen und ihre Lego-welten bauten.

Jeff nahm einen großen Schluck Cola-light und einen Bissen von seinem kalorienreduzierten Hamburger, kaute und ließ die angenehm warme und weiche Masse durch die Kehle gleiten.

„Zusammen haben wir sechs Milliarden Dollar, wir können nicht mehr arm werden, so oder so. Wir rufen unsere Anwälte an und beauftragen sie, eine Menge Geld beiseite zu schaffen, so dass wir immer noch genug haben, falls die Sache aus dem Ruder läuft", bohrte Jeff weiter. Wilbur hatte zwar prinzipielles Interesse an der Aktion, aber er traute sich noch nicht recht. Die unterschiedliche Veranlagung der Charaktere hatte die beiden reich gemacht: Jeffs Draufgängertum und Wilburs Bedächtigkeit. Diese Dialektik war der Motor für ihre großen geschäftlichen Visionen und so hatten sie vor Jahren im Internet eine Partnersuchmaschine etabliert, die sich schnell zum unumstrittenen Marktführer entwickelte. Sie unterschied sich von ihren Konkurrenten durch eine Kennenlerngarantie für Premiummitglieder, die bei genauem

Durchlesen des Kleingedruckten einfach in der Verpflichtung bestand, selbst zumindest einmal einen potentiellen Partner persönlich aufzusuchen, wenn dieser Interesse signalisierte. Wer dieser Verpflichtung nicht nachkam, wurde einfach aus der Datenbank gelöscht. Millionen einsamer Herzen waren durch die Verheißung der Kennenlerngarantie zu zahlenden Premiummitgliedern geworden, und das hatte Milliarden in Wilburs und Jeffs Kasse geschwemmt.

„Wir müssen lernen, anders zu denken", setzte Jeff fort, „es geht nicht mehr darum, aus sechs Milliarden acht Milliarden zu machen, das läuft von ganz allein. Es geht jetzt verdammt noch mal darum, Geschichte zu machen. Nicht bloß Kohle, Mann, Geschichte."

Wilbur schob sein selbstgebautes Lego-Auto hin und her. Er hatte vorn einen kleinen Laser angebaut, den er mit einem winzigen Schalter an– und ausknipsen konnte. Es war eine Art Weltraumauto.

„Und wenn wir all das hier verlieren? Nur wegen deiner durchgeknallten Idee?"

„Im Grunde war es deine Idee", sagte Jeff. „Du hast dir die detaillierten Angaben über die Sexseitennutzung kommen lassen, und dir ist aufgefallen, dass der Männeranteil 90% ausmacht und dass die Männer nur dann Sexseiten besuchen, wenn ihre Frauen nicht zu Hause sind. Du hast also belegt, was sowieso jeder weiß, nämlich dass da draußen eine Milliarde Männer vor ihren PCs hängen und wichsen bis zum Tennisarm. Da ist es doch nur logisch, ihre Ladys mal darüber zu informieren. Sieh es mal so, es ist ein Beitrag zur Aufklärung, zur Emanzipation, zur Völkerverständigung, es ist einfach ein Stückchen gottverdammte Wahrheit, und wir sind es, die sie aussprechen. Wir sind es, die den Mumm und die Mittel dazu haben. Das ist alles."

„Okay, bin dabei, wir ziehen das durch. High Five, Mann."

"High Five, Wilbur", sagte Jeff jetzt fast förmlich, und sie klatschten sich ab, so wie sie es immer getan hatten, wenn sie in ihrem Unternehmen einen bedeutenden Schritt planten.

Den Rest des Tages verbrachten sie damit, die Details ihres Coups zu planen, und zum ersten Mal seit Monaten musste Wilbur so lachen, dass ihm die Bauchmuskeln weh taten.

Am nächsten Morgen, also gegen 11 Uhr vormittags, wenn sie in der Regel ihre Firma aufsuchten, riefen sie bei Kim an. Wie üblich betrat die makellose chinesische Schönheit das riesige Kinderzimmer mit kleinen, aber entschlossenen Schritten. Wie immer war Kim ausgeschlafen und hundertprozentig präsent. Ihr feines Kostüm schmiegte sich um ihren schlanken Körper mit bronzener Haut. Sie trug eine winzige, aber kostbare Kette mit einem Brillantmedaillon um ihren schlanken, faltenlosen Hals und am Ohr klemmte ein Headset, das an ihr wie ein weiteres Schmuckstück wirkte. Kim war die leitende Managerin des Unternehmens. Man machte was sie sagte, und man machte es besser genau. Kim war die nach außen sichtbare Person. Sie vertrat den Konzern auf Konferenzen, sie gab die Interviews, sie stellte Manager ein und feuerte sie ohne Gnade, wenn deren Tätigkeit sich nicht unmittelbar positiv auf die Unternehmenszahlen auswirkte.

Von Wilbur und Jeff hingegen gab es nicht einmal richtige Fotos, sondern nur ein paar verschwommene Aufnahmen aus der Collegezeit. Es herrschte Arbeitsteilung: Wilbur und Jeff spielten mit Lego und hatten fortwährend Ideen, von denen grob gerechnet eine pro Jahr brauchbar war, und alle drei Jahre war eine richtig gut. Dann wälzten sie die Idee im Stahlbad möglicher Einwände (Wilburs Aufgabe) und möglicher Erfolge (Jeffs Aufgabe). Wenn sie übereingekommen waren, etwas wirklich zu tun, riefen sie Kim an, deren Aufgabe darin bestand, die Vision in Wirklichkeit zu verwandeln, was ihr fast immer gelungen war, und darum verdiente Kim auch 5 Millionen Dollar im Monat, was selbst für amerikanische Verhältnisse beträchtlich war. Hinzu kamen satte 25% von allen Einnahmen, die unmittelbar auf ihr Wirken zurückzuführen waren. Manchmal honorierten Wilbur und Jeff sie zusätzlich noch mit reichlichen Bonuszahlungen ohne erkennbaren Grund. Nach der ersten Milliarde bedeutet Geld nicht mehr so viel, es wird eher zu einem Bepunktungssystem, mit dem man ausdrückt, wie gern man eine Sache hat.

Wilbur und Jeff hatten Kim sehr gern. Wahrscheinlich wäre das Unternehmen ohne sie sofort den Bach hinuntergegangen, denn Jeff und Wilbur verstanden nicht viel von Buchhaltung und rein gar nichts von den juristischen Dingen. Im Grunde waren sie noch der Ansicht, dass es irgendwo einen Marschall gab, der die Pferdediebe am nächsten Baum aufknüpft und ein paar korrupte Rechtsverdreher, die dafür bezahlt werden, genau das zu verhindern.

Kim war völlig loyal. Es war nicht die übliche, gespielte Loyalität, sondern eine gefühlte, ungekünstelte emotionale Nähe zu dem Unternehmen. Sie hatte sich oft gefragt, wie weit diese Nähe wohl gehen würde. Sie fragte sich zum Beispiel, ob sie wohl einen Zeh opfern würde, um den Laden zu erhalten. Zweifellos würde sie das, aber auch einen Finger, eine Hand, ein Bein? „Schwachsinn!", sagte sie dann in solchen Augenblicken zu sich selbst und konzentrierte sich wieder auf ihren Job.

Das war auch so ein Unterschied zwischen Kim einerseits und Jeff und Wilbur andererseits. Die Lebensbewältigungsstrategie der beiden bestand darin, jede emotionale Regung möglichst unmittelbar und direkt zu leben, außer es handelte sich um Gefühle wie Mordlust. Aber solche schrecklichen Regungen kamen in dem Riesen-LSD-Kinderzimmer einfach nicht vor. Wenn Jeff zum Beispiel Appetit auf einen Hamburger hatte, stopfte er sich sofort einen in den Mund. Wenn Wilbur Lust auf Bogenschießen hatte, ging er in die Fitnesszone, nahm einen Sportbogen und ballerte in dem großen Raum herum. Das Erstaunliche war, dass die beiden nur selten wirklich exzentrische Neigungen entwickelten. 40% ihrer Arbeitszeit verbrachten sie mit Lego, 40% mit dem Microsoft Flugsimulator und 20% mit dem Verzehr von kalorienreduziertem Fast-Food. So hatten sich ihre Neigungen eingeschwungen, die kurzen Tage hatten ihren ungefähren Rhythmus, der gelegentlich durch spontane Ausflüge auf das Laufband unterbrochen wurde, wenn sich die Angst vor einem Bäuchlein einstellte.

Kim hingegen hatte eine völlig andere Strategie: Sie lebte ihre Emotionen nicht aus, sondern hatte immer die Gefühle, die einer Situation angemessen waren. Sie konnte ihre Emotionen hervorrufen und abstellen, wie es gerade erforderlich war. Brauchte sie in einem Meeting Strenge und Durchsetzungsfähigkeit, so fühlte sie diese Eigenschaften auch, brauchte sie eine erotische Ausstrahlung, um einen Geschäftspartner zu bezirzen, schaltete sich die komplexe Alchemie ihrer Gefühle von allein um. Kim glaubte auch nicht, dass es so etwas wie ein Selbst gab, ein eigentliches wahres Ich, sie glaubte nur an determinierte Zustände. Für sie war eine Seele eine komplexe Maschine, nichts weiter. Lediglich ihr Mann, ein sanfter Cellolehrer, konnte eine spirituelle Unterschwingung in ihr wachrufen.

„Hi Kim", sagte Wilbur.

„Na, ihr beiden", sagte Kim, die den Bossen gegenüber wie eine Mutter wirkte, die das Zimmer ihrer Kinder inspiziert.

„Kim", sagte Wilbur und versuchte halbwegs geschäftsmäßig zu wirken, „Kim, wir brauchen eine Menge Daten. Wir brauchen die Daten aller Besuche von gewissen Seiten, also Seiten mit speziellem Inhalt..."

„Du meinst, du möchtest wissen, wer auf einer Sexseite war?", brachte Kim es auf den Punkt.

„Äh, ja", räusperte sich Wilbur.

„Um wen handelt es sich denn? Muss ja eine wichtige Person sein, wenn ausgerechnet ihr das wissen wollt."

„Um alle, es geht um alle. Um alle Männer, die je in ihrem Leben eine Pornoseite besucht haben. Dann müssen wir noch rausfinden, mit wem diese Männer zusammenleben, also aktuell zusammenleben. Das geht über einen Abgleich der IP mit den physischen Adressen. Dann brauchen wir als Ergebnis eine Liste aller Frauen auf der Welt, die mit Männern zusammenleben, die Pornoseiten besuchen. Zusätzlich brauchen wir die exakten Links und ein daraus destilliertes Profil über die Vorlieben, also ob es kohärente Muster gibt und so weiter. Ach ja, und wir brauchen einen Termin bei Barney Reynolds."

„Hey, seid ihr jetzt total durchgeknallt? Wenn ihr vorhabt, was ich denke, riskieren wir mehr Klagen, als dieses Land bisher gesehen hat. Kann durchaus sein, dass dieser ganze Laden dann nicht mehr existiert."

Kim stand jetzt wie eine schimpfende Mutter vor ihren missratenen Söhnen. Sie hatte die Devise, dass eine Frau in einer Managementposition sich jederzeit unangemeldet auf der Titelseite der Vogue präsentieren können müsse, und vor ihr standen zwei 27-jährige Jungen auf einem Legospielteppich mit Hemden, die halb aus der Hose hingen und nicht mehr ganz sauberen Jeans. Diese Jungs waren stolz auf ihre Turnschuhe und ihre selbstgebauten Autos, und diese Jungs forderten jetzt von ihr eine Liste von allen je besuchten Pornoseiten des Universums. Im Kopf überschlug Kim schnell den Aufwand. Es würde ein neues Rechenzentrum der Kategorie II erfordern, mindestens zwanzig hochkarätige Datenbankprofis und jede Menge zusätzlichen Speicher.

„Doch, Kim, wir sind uns ganz sicher. Mach einfach. Und den Termin bei Reynolds brauchen wir so früh wie es geht", sagte Wilbur mit einem Tonfall, wie er nur gelingt, wenn man 3,2 Milliarden Dollar besitzt.

„Reynolds ist so schwer zu erreichen wie ihr, aber ich tue, was ich kann."

„Dafür wirst du bezahlt Baby!" antwortete Jeff, dessen Tonfall sich jetzt Wilburs angeglichen hatte.

In der schönen schwabinger Altbauwohnung bereitete Sandra Lehner eine große Tomaten-Mozzarella-Platte. Ganz ordentlich legte sie Scheibe um Scheibe Biotomate und den teuren Biobüffelmozzarella auf die weiße Servierplatte. Während sie Basilikum über die Scheiben streute, rief sie nach ihrem Mann:

„Gottfried, wo treibst du dich rum?"

„Bin hier, bei Mascha im Zimmer." Seine Stimme kam aus dem Kinderzimmer am Ende des Flurs. Als Sandra Lehner den Tomaten-Mozzarella einer finalen Sichtprüfung unterzogen hatte, ging sie langsam Richtung Kinderzimmer.

„Und, was treibt ihr beiden hier drin?"

Als sie die Tür öffnete, saß die kleine Mascha auf Gottfrieds Schoß und beide schauten auf den Computermonitor.

„Mascha und Papa räumen den Computer auf und machen ihn ganz sicher," antwortete Gottfried. Er war Arzt, aber er kannte sich auch mit Computern sehr gut aus.

„Schau, was ich in ihrer Mailbox gefunden habe, haufenweise Spam." Gottfried sprach jetzt ganz leise und wandte sich direkt an seine Frau.

„Sie ist zehn und bekommt diesen ganzen Mist. Penisvergrößerung und so weiter." Er schüttelte angewidert den Kopf.

„Papa, was ist Penisvergrößerung?", fragte Mascha unschuldig, aber eindringlich.

„Warte, Kleines, Mama und ich müssen mal was besprechen." Mascha hockte sich brav auf ihr Bettchen und nahm ihr Nintendospiel zur Hand.

„Ich hab mal ihren Rechner angesehen," setzte Gottfried fort. „Ihre Mailbox ist voll mit Sexspams, und offensichtlich ist sie auch auf solche Seiten geraten. Ich will nicht, dass sie so was sieht. Sie ist erst zehn!"

Sandra Lehner musterte flüchtig die Betreffzeilen der Mailbox.

„Und? Was machst du jetzt dagegen?", wollte sie wissen. Sandra interessierte sich nicht sonderlich für Computer, hatte aber auch nie Probleme damit. Sie war Redakteurin und benutzte Computer, wie sie Kopierer oder Radiergummis benutzte.

„Eine Whitelist," sagte Gottfried, „eine Whitelist ist das Einzige, was hilft. Mascha bekommt eine Liste von Seiten, die sie besuchen darf, und eine genaue Liste von Mailadressen, die ihr schreiben dürfen. Alles andere wird ausgeblendet." Gottfried mochte konsequente Lösungen.

„Ist in Ordnung," antwortete Sandra, „aber auf Dauer können wir sie nicht davor schützen. Sie wird damit in Kontakt kommen, so oder so. Aber für den Moment ist es okay." Sandra bekam selber häufig Spam-Mails, wenn in der Redaktion die Mail-Filter versagten. Sie beachtete sie nicht, sondern löschte sie einfach, was nur Sekunden in Anspruch nahm.

„Aber so nach und nach muss sie selber lernen, damit zurechtzukommen. Wir können sie nicht in Watte packen, verstehst du?" Überhaupt ging Sandra robuster mit der Kleinen um als Gottfried.

„Das mit diesen Spam-Mails und den ganzen Pornosites ist eine Riesensauerei!" Gottfried versuchte, dem Thema eine gesellschaftspolitische Dimension zu geben.

„Diese Frauen," setzte er fort, „die machen das doch nicht freiwillig. Die kommen irgendwo aus dem Osten, denken, dass sie einen Job als Kellnerin bekommen und werden dann mit der Kamera seziert. Das kann durchaus traumatisieren. Im Grunde ist es eine Form von Menschenhandel." Gottfried lief Gefahr, sich warm zu reden, und Sandra kam ihm gerade noch zuvor:

„So ihr beiden, nun aber schnell, das Essen wartet schon."

„Lange nicht gesehen", begrüßte Barney Reynolds seine Gäste.

„Kann man so sagen", begrüßte Wilbur den König aller Hacker, der mit verschiedenen Identitäten jonglierte. Als ehemaliger Militär und Experte für Computersicherheit stand er bei den wirklich wichtigen Insidern in dem Ruf, alle gängigen Betriebssysteme manipulieren zu können. Die Geheimdienste hatten bereits Anfang der Neunziger die Bedeutung des Internet erkannt und bei jedem Betriebssystem einen streng geheimen Exklusivzugriff verlangt. Über so genannte *supertunnels* konnten die Sicherheitsexperten bei den Betriebssystemen versteckte Funktionen an- und abschalten, ohne dass die Anwender oder deren Virenschutzsysteme irgendetwas davon bemerkten. Einige dieser *supertunnels* waren sogar in der Antivirensoftware versteckt. Während der Anwender glaubte, sein System abzudichten, machte er es auf.

Sie setzten sich an einen kleinen Konferenztisch, auf dem nichts lag außer ein paar Notizzetteln und einem blauen Kugelschreiber. Jeff erklärte Barney den Plan und der konnte nicht mehr aufhören zu lachen. Als er sich wieder gefangen hatte, fragte er nach seiner Rolle dabei.

„Also, wir wissen", begann Jeff, „wer wann auf welcher Web-Seite war, okay? Aber viele dieser Seiten gibt es mittlerweile gar nicht mehr.

Besser wäre es, wenn wir einen direkten Zugriff auf alle Bilder und Videos hätten, die je heruntergeladen wurden. Ich meine, wenn sich jemand einen Porno online ansieht, dann landet der doch bei dem Nutzer lokal im Cache, oder, Barney? Okay, und wenn der Nutzer seinen Cache leert, ist der Rechner wieder sauber. Wir wollen von dir, dass du die gängigen Betriebssysteme so veränderst, dass die Nutzer glauben, sie hätten ihren Schweinkram gelöscht, in Wirklichkeit liegt er aber umcodiert irgendwo auf der Festplatte. Schaffst du das?"

Barney Reynolds grinste in sich hinein.

„Ob ich das schaffe? Diese Funktionen sind längst vorbereitet. Sie müssen nur angeknipst werden."

Wilbur und Jeff waren verblüfft über so viel Abgebrühtheit.

„Wenn der Preis stimmt", setzte Barney fort, „wenn der Preis wirklich stimmt, ist die Sache mit dem nächsten Betriebssystemupdate erledigt, wird so drei Wochen dauern. Reicht euch das?"

„Danke Mann, und ob uns das reicht. Wie viel willst du?" Jeff freute sich, dass es so einfach gelaufen war.

„Kohle habe ich eigentlich genug", antwortete Barney nachdenklich, „aber ich hätte gern zwei Sachen: Erstens bleibt mein Name aus dem Spiel, und zweitens will ich die Vorabversion

des neuen Microsoft Flugsimulators!"
Barney Reynolds war einfach verrückt nach
dem Flugsimulator, er spielte damit sogar auf
seinem Notebook, wenn er in einem richtigen
Flugzeug saß.

„Okay, Kim, wie sieht es aus?" Jeff, Wilbur, Kim
und ein paar leitende Techniker hatten in der
Businessecke des Mammutkinderzimmers Platz
genommen.
„Wir sind auf go", sagte Kim. „Ich fasse noch
mal zusammen. Am 11. September 2011 um
9 Uhr, also genau zehn Jahre nach dem ersten
elften September, der sicher bald *der kleine elfte
September* heißen wird, erhalten alle Ladys dieser Welt eine Mail, die ein genaues sexuelles
Profil ihrer Männer enthält. Alle Vorlieben, Ab-
neigungen, Perversionen etc. Diese Mail enthält
eine simple Schaltfläche, und wenn die Ladys
darauf klicken, sehen sie all die hässlichen kleinen Dinge, die sich ihre Männer so angesehen
haben. Die Mail kommt um 9 Uhr, weil dann
die Männer in den Büros sind, und die Frauen
Zeit haben, unsere Angaben zu prüfen. Oder die
Frauen sind in den Büros, dann checken sie unsere Angaben eben vom Büro aus. Um 18 Uhr
sehen sich Mister und Misses zu Hause wieder
und dann knallt es auf der ganzen Welt. Sehr
abgefahren ist das, sehr sehr abgefahren."
Kim hielt sich die rechte Hand vor den Mund,

als sie an die Folgen ihrer E-Mail dachte. Über den Daumen gepeilt, würden durch einen einzigen Mausklick von ihr eine Milliarde Beziehungen in die Brüche gehen. Mindestens. Es würde Morde und wahrscheinlich Selbstmorde geben, Beichten und Lügen. Durch einen einzigen Mausklick würde die Welt wahnsinnig werden, ganz ohne Atomraketen.

„Danke Kim, noch Fragen? Nein? Gut, dann sind wir auf go." Jeff gab den Profi und es machte ihm Spaß.

Am 11. September 2011 packten Jeff und Wilbur ihre Lunchpakete. Sie hatten lange darüber diskutiert, wie sie den Tag verbringen würden. Sollten sie sich den globalen Showdown im Fernsehen ansehen? Oder im Netz? Sie entschieden sich für die Live-Version und beschlossen am Bushpark neben den großen Wohnblocks einfach abzuwarten, ob etwas geschehen würde. Ausnahmsweise gönnten sie sich zu ihren Lunchpaketen ein Sixpack Heineken Bier und nahmen gemütlich auf einer Parkbank platz. Ab 17:00 Uhr abends konnte man aus vereinzelten Wohnungen Geschrei hören, Gegenstände flogen aus Fenstern und Männer kamen aus den Hauseingängen gelaufen, um möglichst schnell eine Bar anzusteuern. Aber das war erst der Anfang. Mit Beginn der Dämmerung hörte man heftige Wortwechsel aus zahllosen Fenstern. Es hallte durch die Häuserschluchten. Ein Informationsfeld entstand, diese eigenartige elektrisierende Stimmung, wie sie sich unmittelbar vor wichtigen Fußballendspielen über eine Stadt legt, die Straßen leer fegt und mit einer fühlbaren Spannung auflädt. Die Stadt summte, seufzte, schüttelte sich und schrie zum Schluss.

Wilbur und Jeff futterten ihre Lunchtüten leer und ließen das Bier ganz langsam in sich hineinlaufen.

„Hörst du das, Alter? Das ist unsere Revolution, Mann. Der erste 11.09. hat das Verhältnis zwischen dem Westen und dem Islam verändert. Aber das ist langweilig, das ist langweiliges Politikzeug. Ein paar Raketen, blöde Armeen hier und da, kennt man doch alles. Fanatisierte Trottel, die sich in die Luft jagen, damit ihre Weiber Kopftücher tragen können. So was ist scheißlangweilig. Aber wir, Mann, wir, wir haben das Verhältnis zwischen Männern und Frauen für immer verändert. Keine Ahnung wohin, Mann, aber es wird nie mehr so sein wie vor 24 Stunden. Nie mehr, in keinem Land der Welt. Weißt Du was ich glaube?"

„Nö", sagte Wilbur.

„Ich glaube, dass es, sobald sich die Lage ein wenig beruhigt hat, viel mehr realen Sex geben wird, weil sich kein Mann mehr Pornoseiten ansieht."

„Kann aber auch sein", sagte Wilbur, „dass Männer und Frauen sich einfach aufgeben, bis auf ein paar Christenfreaks natürlich. Die Männer verlegen sich dann komplett auf Internetpornos und die Frauen machen Karriere."

„Kann auch sein, durchaus möglich", sagte Jeff, „jedenfalls ist es cool, richtig cool!"

„Ja, du hattest von Anfang an Recht, es ist wirklich cool."

In einer schwabinger Altbauwohnung fand man das weniger cool.

Kim verbrachte jenen Abend allein in ihrem Büro. Sie hatte sich einen winzigen Cognac eingeschenkt und starrte auf die Buddha-Figur auf ihrem Schreibtisch, als ihr Computer ganz leise *pling* machte. Sie öffnete die Mail und erstarrte, während sie las. Dann schluchzte sie und schenkte sich einen weiteren, nun deutlich üppigeren Cognac ein. Als sie sich wieder halbwegs gefangen hatte, griff sie zum Handy und engagierte ein professionelles tschetschenisches Killerkommando, um ihren Cellolehrer liquidieren zu lassen. Später wechselte sie nicht nur den Konzern, sondern auch den Kontinent.

Tief, tief im Osten

Günter mochte keine Städte. Sie waren ihm unheimlich und er konnte sich dort nicht gut orientieren. Er war ein Landkind und hatte noch ein instinktives Gefühl für Himmelsrichtungen. Selbst in einer Tiefgarage wusste er immer, wo Norden und Süden waren. Während seiner ganzen Kindheit war die Sonne im Osten über dem Mühlenberg aufgegangen und abends hinter dem großen Kohlekraftwerk im Westen untergegangen. Im Winter ein Stück links vom Kraftwerk, im Sommer ein Stück rechts davon. Das Kraftwerk war für ihn ein astronomischer Kalender, wenn auch ein ziemlich ungenauer. Als Landei war Günter auch ganz froh, dass sie ihn von der Spedition vorzugsweise für Fahrten in die Provinz einsetzten. Er machte sich nichts aus Berlin, viel lieber steuerte er seinen Dreißigtonner über die wenig befahrenen Autobahnen in die verlassenen Gegenden an der deutsch-polnischen Grenze. Er belieferte die Supermarktketten, vor allem die billigen, die es dort fast ausschließlich gab. Dreißig Tonnen Mehl, Bier und Marmelade und all das Zeug, was sich in so einem Discounter findet. Er fuhr seine vierhundert Kilometer, parkte auf dem Halteplatz für Zulieferer, ließ die hydraulische Ladeplattform herunter, und mit seinem kleinen

Gabelstapler schaffte er die Paletten ins Lager des Discounters. Anschließend unterschrieb der Marktleiter die Frachtpapiere und das war es dann für ihn.

Alles in allem mochte er seinen Job, und er war froh, nach der zweiten großen Inflationswelle überhaupt noch Arbeit zu haben. Viele standen jetzt auf der Straße und bezogen elektronisches Hartz-8. „Zum Leben zu wenig und zum Sterben zu viel", dachte Günter. Vor allem die mittleren Angestellten hatte die zweite Welle erwischt, und das waren sehr viele. In all den Büros hatten sie zu Millionen herumgesessen, E-Mails geschrieben und an Meetings teilgenommen. Nach der zweiten Welle ging es den Unternehmen schlecht, und sie konnten nur noch Mitarbeiter gebrauchen, die wirklich etwas Nützliches konnten. Ganze Branchen waren damals weggebrochen, weil eben ganze Branchen nichts Nützliches konnten. Deren Mitarbeiter hatten jetzt alle die Hartz-8-Karten. Mit den Hartz-8-Karten konnte man in spezielle Märkte gehen und einkaufen, solange etwas auf der Karte war. Allerdings gab es wirklich nur das Nötigste. Nudeln vor allem, dazu Brot und künstliche Erdbeermarmelade, Plastikschuhe, einfache Jeans und Pullover. Tabak und Alkohol gab es grundsätzlich nicht. Und die Leute vom Amt konnten jederzeit bestimmen, wer wie viel Geld auf seiner Karte hatte. Bei geringsten Regelverstößen wie unerlaubtem Überqueren einer roten Fußgängerampel zogen sie etwas von der Karte ab, so dass Querulanten leicht in die Zone des echten Hungers gelangten.

Günter ging es vergleichsweise gut. Er galt in der Spedition als sehr zuverlässig, hatte in seiner ganzen Zeit noch keinen Unfall gebaut und war nie betrunken gefahren, nicht ein einziges Mal. Seine Spedition hatte einmal heimlich Alkoholsensoren in den Cockpits der Trucks installiert, um die Nichttrinker von den nicht erwischten Trinkern unterscheiden zu können. Günter hatten sie dann sogar als Nietrinker eingestuft und darum galt er als unabkömmlich.

Aus diesem Grund war Günter vergleichsweise wohlhabend, er besaß sogar ein eigenes Handy, was nach der zweiten Welle ein echtes Privileg war. Die Hartz 8-Leute konnten sich sowieso keines mehr leisten, und seit den Antiterrornovellen, wie die neuen Gesetze nach dem beinahe geglückten Anschlag auf das Atomkraftwerk Biblis hießen, galten Handys als Waffe und wurden nur noch an zuverlässige Personen abgegeben. Genau genommen besaß Günter sogar zwei Handys, das Firmenhandy und sein privates, mit dem er jeden Abend seine Frau anrief und auf dem Laufenden hielt.

So rollte Günter an einem Spätsommertag gemütlich ostwärts, um einen Discounter zu beliefern, in dem die Hartz-8-Leute nichts zu suchen hatten. Das heißt, auf seiner Ladefläche befanden sich erhebliche Mengen Bier und Tabak, was seine Ladung sehr wertvoll machte. Noch so ein Punkt: bei Günter hatte es nie Warenverlust gegeben, erst Recht nicht bei Wertgütern wie Bier und Tabak, was seinen Job noch etwas sicherer machte.

Die Autobahn war ziemlich leer, viel Verkehr gab es ohnehin nicht mehr seit der zweiten Welle. So sah er nur gelegentlich einen anderen Truck und manchmal einen Bentley oder Maserati oder ganz selten einen Lamborghini Mistral. Diese Autos der wenigen ganz reichen Leute konnten heutzutage ihre ganze Kraft ausspielen und mit 280 Sachen an ihm vorbeijagen. „Maseratis sind echte Rennautos", dachte Günter, „schon komisch, dass die mit solchen Teilen vor fünf Jahren noch im Stau gestanden haben." Links von ihm lag jetzt das große Berlin, dahinter begann der einsame Osten, den seine Kumpels nicht mochten. Vor Jahren hatte es hier in der Region einen furchtbaren Unfall mit einem LKW gegeben, bei dem angeblich Radioaktivität freigesetzt worden war.

Es gab auch Gerüchte von ausgeraubten Wagen bei anderen Speditionen, aber Günter machte das nichts aus. Er mochte den Menschenschlag dort im Osten, direkt, bestimmt und eine Spur wahnsinnig. „Mal sehen, wie heißt denn das Kaff?", flüsterte Günter mit sich selbst, wie es viele Leute tun, die allein arbeiten. Er tippte auf sein Navigationsgerät, was die Leute von der Spedition immer korrekt programmierten, damit es hinterher nicht hieß, das Navi hätte gesponnen.

„Eisenhamm, nie gehört, bestimmt so ein Kuhkaff mit einem winzigen Discounter", dachte Günter. Noch siebzig Kilometer. „Müsste allmählich doch schon mal ein Schild kommen, die sind doch schon alle vor der zweiten Welle aufgestellt worden."

Günter nahm einen großen Schluck Cola-light und legte die Flasche in die Kühlbox zurück. Er sah wieder auf sein Navigationsgerät:

„Nur noch zwei Ausfahrten, dann haben wir es schon gepackt." Aber es gab immer noch kein Hinweisschild auf die erste Ausfahrt nach Dünklingen, obwohl es längst hätte kommen müssen. Die Autobahn war ganz gerade und am Horizont war die Ausfahrt bereits zu sehen. Dann kam das große blaue Schild mit der Aufschrift *Ausfahrt Dünklingen*, aber es lag am Boden. Sein schwerer Betonpfeiler hatte die rechte Leitplanke zerquetscht.

„Wer macht denn so was?" fragte sich Günter und war glücklich darüber, nie am Steuer eingeschlafen und von der Fahrbahn abgekommen zu sein. Es gab nicht einmal eine Bremsspur vor dem Schild. Kurz vor der Ausfahrt kam dann das eigentliche Ausfahrtsschild, auf dem nur noch *Ausfahrt* stand. Auch das Schild lag am Fahrbahnrand, und Günter musste ausweichen, um nicht darüber zu fahren.

„Das gibt's doch nicht, das hat doch einer rausgerissen", überlegte Günter. Das Schild lag mit seinen Betonfundamenten waagerecht auf der Autobahn. Das war kein Schuljungenstreich, und Günter wurde schnell klar, dass jemand das Ausfahrtsschild mit schwerem Gerät herausgerissen hatte.

„War mindestens ´ne Raupe mit Stahlseil, wenn nicht sogar ein Autokran, aber wer macht denn so was?" Günter überlegte kurz, ob er die Polizei anrufen sollte, aber aus solchen Sachen hielt man sich besser komplett heraus. Noch zwanzig Kilometer bis zur nächsten Ausfahrt, zeigte das Navi an. Immer noch kein verdammtes Schild. Entweder waren sie umgerissen oder sie fehlten völlig.

„Das wird mir jetzt aber zu blöd", dachte Günter, schaltete den Warnblinker an und hielt auf der Standspur. Er stieg aus dem Truck und stellte sich mitten auf die leere Fahrbahn. Ganz in Ruhe steckte er sich eine Zigarette an. Die von der Spedition sahen es nicht gern, wenn man im Cockpit rauchte. Er balancierte rauchend auf dem Mittelstreifen und beobachtete, wie sein Schatten genau darüber fiel:

„Sonne steht im Westen, ich fahre nach Osten, also fällt mein Schatten auf den Mittelstreifen.

In Ordnung, die Richtung stimmt. Aber wer zum Henker reißt denn die ganzen Schilder raus?"

Günter war nicht richtig nervös, es war eher ein positives Gefühl der Spannung, ja des Abenteuers, das er so schon lange nicht mehr erlebt hatte. Es fühlte sich ein wenig so an wie die Cowboy- und Indianerspiele aus der Kindheit.

„Sind doch bloß noch ein paar Kilometer, die kriegen wir schon rum." Was aber, wenn gar keine Schilder mehr kämen? Dann hatte er immer noch das Navi. Eigentlich brauchte man sowieso keine Schilder mehr. Günter beschloss, auf Nummer Sicher zu gehen, und sich den Weg im Kopf einzuprägen. Er stieg in den Truck zurück und starrte aufs Navi. Die Strecke war lächerlich einfach: Zweite Ausfahrt raus, dann auf die Bundesstraße, im Kreisverkehr links und dann noch fünf Kilometer bis Eisenhamm. Um aber wirklich ganz sicher zu gehen, zeichnete er sich die Strecke mit Kugelschreiber auf einen Notizblock.

„Doch anrufen? Ach, Bullshit, ich ruf heute Abend sowieso an." Günter freute sich schon darauf, seiner Frau die Sache mit den rausgerissenen Schildern zu erzählen.

„Biegen Sie links ab!", sagte die Dame aus dem Navigationssystem mit erotischer Stimme. „Biegen Sie jetzt links ab!"

„Sag mal, spinnt ihr jetzt komplett?", schimpfte Günter mit der Stimme aus dem Navi, „Dies hier ist eine Autobahn, wie soll man da links abbiegen?"

„Biegen sie links ab, biegen Sie sofort links ab!"

„Also euch haben sie doch ins Gehirn gesch...", fluchte Günter, der jetzt doch etwas nervös wurde. Erneut hielt er an und untersuchte das Navi. Alles war korrekt programmiert, Start und Zielort waren fehlerfrei eingegeben.

„Bitte biegen Sie links ab. Bitte biegen Sie links ab. Bitte biegen Sie links ab!" Die Stimme aus dem Navigationsgerät hörte jetzt nicht mehr auf zu sprechen, und der Hauch von Erotik war dahin. Das Gerät nervte, deshalb schaltete Günter es aus. Der Blick auf seine Streckenskizze beruhigte ihn. Er ließ den MAN-Diesel wieder an. Die letzte Ausfahrt vor seiner eigenen beruhigte ihn nicht, denn sie war zugemauert, ordentlich und massiv zugemauert. Zusätzlich lagen vor der Mauer riesige Betonblöcke, die auch ein mächtiger MAN-Diesel nicht überwinden konnte. Ein Panzer vielleicht, aber kein LKW.

„Die Dinger müssen sie mit einem Schwertransporter dahingelegt haben", überlegte Günter. Was, wenn seine Ausfahrt auch zugemauert war? Günter hatte das Stadium einer leichten Nervosität hinter sich gelassen und hatte jetzt Angst. Seine Hände waren feucht und glitschten über das große Steuerrad. Er schaltete das Navi noch einmal ein: „Biegen Sie jetzt links ab!"

Noch fünf Kilometer bis zu seiner Ausfahrt. Kein Auto mehr seit einer viertel Stunde. Das Navi war kaputt und es war kein Verkehrszeichen zu sehen. Wieder hielt Günter an, dieses Mal mitten auf der Autobahn. Er steckte sich eine Zigarette an und pinkelte auf den Mittelstreifen. Dann stieg er wieder ein und machte sich auf die letzten Kilometer zu seiner Autobahnausfahrt.

„Ja, ja, ja," rief er stakkatoartig, „das ist sie, sogar ein Schild davor, ein normales, blaues Autobahnschild: *Ausfahrt Eisenhamm*. Na, geht doch." Günter war erleichtert. Mit einem Gefühl des Triumphes setzte er an der zweiten Markierung den Blinker und als er rechts abbog, hupte er drei mal kurz. Ganz langsam bog er ab und sah auf den großen blauen Wegweiser *Eisenhamm*. Ein Witzbold hatte mit einem dicken schwarzen Edding *Republik* darüber geschrieben, ziemlich ordentlich sogar. Günter fuhr in den Kreisverkehr und bog links ab, genau wie er es sich eingeprägt hatte. Dann rollte er auf der Landstraße die letzten Kilometer Richtung Eisenhamm.

Nach ein paar hundert Metern sah er ein kopulierendes Paar auf einer Wiese neben der Bundesstraße. Sie taten es im Heu, buchstäblich im Heu. Sie wälzten sich auf einem großen Heuballen, neben dem ein tönerner Krug stand.

Günter drückte kurz auf seine Hupe, aber das Paar erschrak nicht. Sie hielten ziemlich entspannt inne und winkten ihm zu. Der Mann griff nach dem Krug neben sich, prostete Günter zu und goss dann mit gestrecktem Arm Bier in seinen Mund, wobei mehr als die Hälfte daneben lief. Dann setzte er den Krug ab und widmete sich wieder seiner Partnerin.

Nicht viel später machte es plopp, denn ein hölzerner Spielzeugpfeil hatte seine Windschutzscheibe getroffen. Plötzlich stand eine Bande von zehn Kindern auf der Straße und feuerte mit selbstgebauten Bogen aus Weiden- oder Nussholz eine Salve auf seinen Truck ab. Natürlich wurden ihm die Pfeile nicht gefährlich, aber Günter musste höllisch aufpassen, um nicht in die Gruppe Kinder hineinzurasen, die erst im allerletzten Moment von der Straße sprang. Wieder drückte er auf seine Hupe, aber die Kinder erschraken nicht, sondern luden neue Pfeile nach.

„Die sind hier anders als die Blagen bei uns", murmelte er vor sich hin.

Nach einer Kurve unterquerte die Bundesstraße eine Eisenbahnbrücke, und was Günter dann sah, gehörte zu den stärksten Eindrücken seines bisherigen Lebens: Von der Eisenbahnbrücke herab baumelte eine Leiche. Günter trat reflexartig auf die Bremse und fuhr vorsichtig auf die Brücke zu. Ein Mann war an der Brücke gehängt worden, sein verquollenes Gesicht hing genau vor Günters Seitenfenster. Er sah der

Leiche direkt ins Gesicht. Dem Toten waren die Hände auf den Rücken gefesselt worden, und offenbar hatte man ihn vor seinem Tod gequält, denn Kleidung und Körper wiesen Brandspuren und offene Wunden auf. Am merkwürdigsten aber war, dass der Gehängte ein kleines Pappschild um den Hals trug, auf dem sorgfältig geschrieben stand: „Ich habe Mais gestohlen!"

Günter gab Gas, trat aber bereits nach hundert Metern wieder auf die Bremse und erbrach sich aus dem Seitenfenster heraus auf die Straße. Er hatte seit der Beerdigung seiner Großmutter keine Leiche mehr gesehen. Man hatte sie damals gerade schön zurecht gemacht, als er sie kurz im Kühlhaus sah. Jetzt fühlte er sich fiebrig und stand Todesängste aus. Er griff in die Kühlbox, um sich mit Cola-light den Mund auszuspülen und den Geschmack von Erbrochenem loszuwerden. Dann zwang er sich zur Ruhe und fand endlich seinen Discounter. Den Truck parkte er auf dem Stellplatz für Zulieferer und sah, immer noch fahrig, aus der Kabine auf den Parkplatz. Dort standen nur zwei Autos, sonst war niemand zu sehen.

„Das gibt's doch nicht," sagte Günter zu sich selbst, dann rief er laut „Hallo!" aus dem heruntergelassenen Seitenfenster. Er dachte an den Toten und spürte, dass die Dinge hier nicht ganz rund liefen.

„Steig aus", rief jetzt eine Stimme. Die Tür zum

Lagerraum war aufgegangen, und zwei Männer standen hinter seinem Truck. Er konnte sie im Rückspiegel sehen.

„Wer, ich?" rief Günter zurück.

„Na, wer sonst?", rief einer der beiden Männer zurück. Sie waren um die dreißig, trugen Blaumänner und, erst jetzt sah er es, kleine kurze Maschinenpistolen an der Hüfte, israelische Uzis. Günters Herz schlug heftig und er schwitzte. Dennoch hatte er so viel Geistesgegenwart, sein privates Handy in der rechten Socke zu verstecken, bevor er ausstieg.

„Hast du eine Waffe?", rief der kleinere der beiden Männer. Seine Stimme klang bestimmt, aber nicht unbedingt feindselig, was Günters Angstpegel leicht reduzierte.

„Nein!", antwortete er.

„Handy?", fragte der Mann.

„Ja."

„Hergeben", sagte der kleinere Blaumann und unterstrich seinen Befehl dadurch, dass er die Waffe etwas fester in die Hand nahm. Günter warf ihm das Firmenhandy zu. Der Mann fing es mit der linken Hand auf und warf es in einen blauen Mülleimer, so als sei es die selbstverständlichste Sache der Welt.

„Nu lad mal deinen Wagen aus, wie sonst auch immer. Und mach dir keine Sorgen wegen unserer Knarren. Solange du nicht rumzickst, bleiben die Dinger auf Stand-by."

Günter hatte keine Idee, was zu tun sei. Daher begann er tatsächlich, seinen Wagen zu entladen. Palette für Palette holte er erst auf die Hebebühne, senkte sie dann vorsichtig ab und fuhr sie dann mit dem kleinen Elektrostapler ins Lager. Die beiden Männer hatten es sich auf zwei weißen Plastikgartenstühlen gemütlich gemacht und sahen ihm bei der Arbeit zu. Die Arbeit und die Verrichtung der physischen Routine taten ihm gut. Nach und nach entspannte er sich ein wenig. Die Männer sahen nicht bösartig aus, es waren einfache Kerle, so wie er, nur dass sie eben diese Uzis bei sich hatten. Mit mäßigem Interesse musterten sie die Paletten, nur als er das Bier auslud, wurden sie neugierig und wiesen ihn an, es sofort in den Kühlraum zu bringen und vorsichtig damit zu sein. Nach einer Stunde hatte Günter seinen Diesel vollständig entladen und fragte sich, ob er sich wohl auf den Heimweg machen dürfe. Er fragte sich sogar, ob die beiden Kerle seine Fracht am Ende ordentlich quittieren würden. Vielleicht wäre er abends schon zu Hause und alles wäre gut.

„Na, nimm dir mal ein Bier und setz dich hin!", rief ihm der größere der beiden zu. Er hatte seine Waffe aus der Hand gelegt und wirkte friedlich. Günter hatte kapiert, dass sie ihn weder fahren lassen noch liquidieren würden, und so setzte er sich zu ihnen und machte sich ein Bier auf.

„Wo kommst denn her? Erzähl doch mal!", sagte der Mann ganz ruhig. Und Günter fing an zu
erzählen, über seinen Job, seine Frau Ines und
die Kleine, über die Verhältnisse im Westen seit
der zweiten Inflationswelle, über die Hartz-8-
Typen und hätte sich richtig gut gefühlt, wären
da nicht die beiden Maschinenpistolen gewesen.
Er dachte auch an sein Handy in der Socke, was
ihm Sicherheit gab, dann aber durchzuckte es
ihn. Was, wenn er es nicht ausgeschaltet hatte?
Würde er dann von einer Eisenbahnbrücke her-
abhängen mit einem Schild um den Hals, auf
dem zu lesen war: *Ich habe telefoniert!* Doch dann
fiel es ihm ein: das Handy war ausgeschaltet,
richtig aus, nicht nur auf stand-by. Das machte
ihn wieder ruhiger, immerhin so ruhig, dass er
sich traute, die beiden Männer anzusprechen.
Er wippte die fast leere Bierflasche in der Hand
und fragte dann:

„Was geht hier eigentlich ab? Nichts für ungut,
aber ist das so ´ne Art Überfall? Aber dann
würd´ ich an eurer Stelle abhauen und nicht
warten, bis die Bullen kommen. Äh, und was ist
mit meinem Truck und der Rückfahrt, ich krieg
´nen Heidenärger, wenn ich nicht rechtzeitig
auftauche."

„Na, mach dir mal keinen Kopp", sagte der kleinere Mann, wir fahr´n gleich ins Stadion, heute
Abend kommt Motörhead in die Stadt und der
wird das schon klären!".

„Ihr meint – die Motörhead – äh, die Gruppe, die spielen hier?"

„Nö, wir meinen Motörhead, den Boss, dass ist der Typ, der hier bei uns die Sachen regelt, siehst dann schon. Am besten, wir machen mal los."

Die beiden Männer steckten ihre Uzis in die Holster und gingen mit Günter zu einem kleinen Mitsubishi-Transporter. Günter fragte sich noch, ob es vielleicht besser gewesen wäre, den Truck abzuschließen.

„Ihr beide geht nach hinten!", sagte der größere der beiden Männer.

„Weißte", fing der kleinere an, „wird richtig geil heute im Stadion. Am Nachmittag waren die Jugendgauspiele, und gleich kommt Motörhead und regelt die kleinen Sachen, dann ist die Hinrichtung und dann Konzert."

Günter sagte lieber nichts mehr und ließ sich von dem kleinen Transporter durchrütteln. Das Wort Hinrichtung und die Art, wie sein Bewacher es aussprach, machten ihn wieder nervöser. Er fragte, ob er im Auto rauchen dürfe.

„So ´n Quatsch brauchste nich´ fragen. Mach einfach, worauf du Bock hast."

Nach kurzer Zeit erreichten sie das Stadion. Es war klein, fasste allenfalls 5.000 Zuschauer und befand sich in keinem guten Zustand. Die Stahlträger waren rostig, die Plastikschalensitze von der Sonne ausgeblichen, der Rasen ungepflegt und braun, und vor dem Elf-Meter-Raum wuchs überhaupt nichts mehr. Offenbar wurde es täglich benutzt. Die Drei parkten den Transporter und betraten das Stadion durch einen Seiteneingang. Es war bis auf den letzten Platz mit Leuten gefüllt, die fast alle eine etwas heruntergekommene Phantasiekleidung trugen. Es erinnerte ein wenig an die alten Aufnahmen von Woodstock. Viele Männer trugen Stirnbänder, was in Kombination mit den ebenfalls häufigen Blaumännern grotesk aussah. Am Ende des Stadionovals war eine große Rockbühne aufgebaut. Eine Band der ziemlich harten Sorte stimmte dort gerade die Gitarren. Die Sonne ging unter und plötzlich wurde es still im Stadion. Eine Frau betrat die Bühne und rief ins Mikrofon: „Achtung Leute, Motörhead kommt, begrüßt mit mir Motörhead!" Günter hörte ein enormes Motorengeräusch, und wie alle anderen im Stadion wandte er den Blick zum Haupteingang und erschrak. Motörhead hielt Einzug auf einem riesigen Trike, etwa so groß wie ein LKW, ein Monstrum von einer Maschine.

„Spezialanfertigung, ein Jahr Arbeit, 1.400 PS", flüsterte ihm einer seiner Bewacher zu.

„Aber keine Straßenzulassung", ergänzte sein Kollege und freute sich über seinen Witz.

Motörhead lenkte das Monstrum langsam in die Stadionmitte. Hinter seinem Fahrersitz waren noch drei weitere Sitze etwas erhöht angebracht, auf denen drei Frauen saßen.

„Ganz links, die Chinesin mit dem Headset, das ist Kim. Sie ist der Boss für Kommunikation und Logistik", erklärte sein Bewacher. Rechts hinter dem Fahrersitz saß eine dralle Rothaarige keltischen Typs mit Sommersprossen und heller weißer Haut und mittig hinter ihm trohnte eine klassische, ganz leicht dickliche Blondine. Der Sitz war so angebracht, dass Motörheads Kopf sich genau zwischen Ihren dicken Schenkeln befand, wenn er sein Monstertrike steuerte.

Hinter dem Trike fuhr ein großer LKW ein, der aussah wie eine Mischung zwischen Raumfahrzeug und dem Weihnachtstruck aus der Coca-Cola-Werbung. Die Außenwände waren transparent. Innen glühte diffuses bläuliches Licht. Günter zählte mindestens zehn Frauen und Männer, die im Inneren des Fahrzeugs an Computern herumtippten. Alle hatten Headsets auf und trugen enge schwarze Overalls.

„Ist der Braintruck", kommentierten seine Bewacher, „die halten uns die Außenwelt jenseits der Gaugrenzen vom Hals. Können sogar lokal die Satellitennavigation lahm legen." Günter begriff jetzt, warum sein Navi plötzlich gesponnen hatte.

Motörhead schaltete die Maschine aus, und die eintretende Stille tat Günter gut. Fasziniert musterte er Motörhead. Einen solchen Mann hatte er noch nie gesehen. Motörhead war gute 1,95 Meter groß und muskulös, aber nicht nach Art der Bodybilder, sondern eher wie ein Zehnkämpfer, schlank und sehnig. Seine Haut war bronzefarben, und er trug langes, dunkelblondes Haar und ein weinrotes Stirnband. Der Oberkörper war lediglich mit einer Lederweste bekleidet, dazu Jeans und Turnschuhe. Das alles war nicht weiter bemerkenswert, aber um die Hüfte herum trug Motörhead ein Koppel wie beim Militär und rechts an dem Koppel baumelte eine große Kettensäge mit langem Schnittblatt. An Motörheads Bewegungen merkte Günter, dass er das enorme Gewicht der Kettensäge kaum spürte. Sie baumelte an seinem Koppel wie eine Taschenuhr. Welch eine Kraft musste dieser Typ haben! Lässig schritt Motörhead auf die Bühne zu und mit geschmeidigen Bewegungen erklomm er die kleine Treppe. Sein Gesicht und sein Haar erinnerten an romantische Jesusdarstellungen, nur wirkte er kämpferischer und entschlossener. Motörhead trat ans Mikrofon: „Tag Leute, tut gut euch zu sehen!"

„Hi Motörhead", skandierte die Menge erstaunlich synchron. Offenbar hatte diese Zeremonie schon oft stattgefunden.

„Der Geist von ACDC, Gandhi und Bonaparte sei mit euch", rief Motörhead mit fester Stimme ins Mikrofon.

„UND MIT DEINEM GEISTE", antwortete

die Menge und Günter bemerkte, dass er automatisch mitgesprochen hatte, was seinen Bewachern wohlwollend aufgefallen war.

„Wir sind heute hier, um ein paar kleine Sachen zu regeln und um Gerichtstag zu halten. Fangen wir also sofort an, denn desto eher kann nachher die Party losgehen. Übrigens: Mötley Crue aus dem Nachbargau schickt uns für heute Abend 10.000 Liter Bier und 5.000 Liter Wein, dazu einen Zentner bestes Gras. Ich sage: Danke und Heil, Mötley!"

„HEIL SEI MÖTLEY", brüllte die Menge. Die Begeisterung war echt, denn es würde ein gutes Konzert und eine infernalische Orgie geben.

„Also, was liegt an?", fragte Motörhead.

Ein Mann um die fünfzig mit Blaumann trat vor die Bühne und bekam ebenfalls ein Mikrofon gereicht.

„Motörhead, Mann, der Bach am Erlengrund, wer soll daraus Wasser schöpfen? Wir brauchen das Wasser für unsere Felder, aber es gibt immer Streit mit Mötleys Leuten."

„Darüber habe ich schon mit Mötley gesprochen", antwortete Motörhead mit fester Baritonstimme, „wir nehmen das Wasser an ungeraden und Mötleys Leute an geraden Tagen. Und am 29. Februar hat der Bach am Erlengrund Pause. Nächste Angelegenheit!"

Damit war die Sache offenbar für alle und endgültig geklärt.

„Nächste Angelegenheit!", donnerte Motörhead ins Mikrofon. „Nichts mehr? Gut, dann kommen wir sofort zu den Gerichtsverhandlungen. Kim, was liegt vor?"

Kim saß noch immer mit den beiden anderen Frauen auf dem Trike und schaute in ihr kleines Notebook. „Eine Vergewaltigung und ein Fall von Bauernfrevel", sagte sie leise und präzise in ihr Headset. Beim Wort Bauernfrevel raunte die Menge unruhig vor sich hin, was Günter nicht verstand.

„Okay", sagte Motörhead, „wir fangen mit der Vergewaltigung an. Wer ist der Kläger?"

„Ich bin der Kläger!", sagte ein hagerer Mann, der einen klassischen Anzug trug und sich von der Menge abhob. „Ich klage Jürgen Petermann an, meine Tochter Sarah vergewaltigt zu haben."

„Und was ist das Problem dabei?", fragte Motörhead.

„Sie ist erst 14!"

„Ist deine Tochter hier?", wollte Motörhead wissen.

„Ja, sie ist hier."

Ein Mädchen mit blonden Zöpfen trat aus der Menge hervor und stellte sich neben ihren Vater.

„Mary, sieh dir die Kleine mal an, so von Frau zu Frau", befahl Motörhead. Die rothaarige Keltin stieg von dem Trike herunter, nahm das Mädchen bei der Hand und verschwand mit ihr im Braintruck. Die Band auf der Bühne spielte inzwischen den Cumberland Blues von den Grateful Dead. Als das Stück zu Ende war, kam Mary mit der kleinen Sarah aus dem Truck heraus.

„Und?", donnerte Motörhead ins Mikrofon.

„Die Kleine ist vollkommen okay, körperlich und seelisch, ich wette, die hatte mit Petermann einen Riesenspaß."

„Okay, damit ist die Sache erledigt, die Anklage wird fallengelassen."

Der Mann im Businessanzug versuchte erst gar nicht zu widersprechen, sondern schlich mit seiner Tochter wieder auf seinen Tribünenplatz. Auch Mary kletterte wieder auf ihren Sitz oben auf dem Trike.

„So, und jetzt der letzte Fall. Anklage wegen Bauerfrevel, keine Kleinigkeit. Wer ist der Kläger?" Motörhead wirkte leicht ungeduldig.

„Ich", sagte ein anderes Mädchen mit leiser Piepsstimme, die allenfalls neun Jahre alt sein konnte. Ihr langes, braunes Haar war zu einem Pferdeschwanz gebunden und sie trug ein blaues Kleidchen.

„Gebt ihr doch verdammt noch mal ein Mikro, das hier ist eine ernste Sache." Motörheads Stimmung hatte sich verdüstert. Zu Beginn seines Auftrittes hatte er noch etwas von einem gutgelaunten Superstar an sich gehabt, aber jetzt war er bitterernst und wirkte bedrohlich, nicht nur wegen seiner imposanten Kettensäge.

„Erzähl mal genau!", sagte Motörhead mit gedämpfter Stimme, um das kleine Mädchen nicht zu verschüchtern.

„Also, ich konnte nicht schlafen, ich war schon ganz früh wach, da bin ich raus gegangen, um etwas Wasser vom Brunnen zu holen, da kam der Mann aus dem Hühnerstall und hatte Eier geklaut."

„Wieviel Eier waren es denn?", fragte Motörhead.

„Konnte ich nicht genau sehen, ich glaub so drei oder vier." Die Menge im Stadion murmelte.

„Und, was hast du dann gemacht?"

„Ich hab sofort die Feldwache gerufen", antwortete das Mädchen.

„Und die hat wieder mal geschlafen?", wollte Motörhead wissen, denn Schlafen während der Feldwache war ein schlimmes Vergehen.

„Nein, die waren sofort da und haben zusammen mit Papa den Dieb verfolgt und gefangen", fuhr das Mädchen fort. Inzwischen wurde der Angeklagte in Handschellen auf die Bühne geführt. Sein Gesicht war bleich. Er hatte Todesangst. Er spürte, dass er hier im Stadion keine freundliche Regung erwarten durfte.

„Was hast du zu sagen?", fragte Motörhead den Angeklagten.

„Ich, ich war's nicht. Ich konnte nicht schlafen

und bin früh morgens spazieren gegangen. Ich wollte am Erlengrund baden, um wieder klar zu werden. Dann waren sie hinter mir her und haben mich gefangen." Der Angeklagte nuschelte eher, als dass er sprach.

„Habt ihr die Eier bei ihm gefunden?", wandte sich Motörhead an die Feldwache.

„Er hatte sie nicht bei sich, aber ganz in seiner Nähe haben wir die Schalen von drei frischen Eiern gefunden", antwortete der Sprecher der Feldwache.

„Wie heißt du, meine Kleine?", wandte sich Motörhead dem Mädchen mit sanfter Stimme zu.

„Lisa."

„Hör mal Lisa, bist du ganz sicher, dass es dieser Mann da war, der die Eier gestohlen hat? Denk ganz genau nach!"

Jetzt war es totenstill im Stadion. Günter hatte einen Kloß im Hals. Das Schicksal des Delinquenten würde von dem nächsten Wort abhängen, dass ein kleines Mädchen sprach.

„Ja", sagte Lisa. Wieder ging ein Gemurmel durchs Stadion. Motörhead schritt die Bühne auf und ab und baute sich dann direkt vor der kleinen Lisa auf. In der linken Hand hielt er einen Schokoriegel und in der rechten eine American Express Karte.

„Du darfst dir was aussuchen, welche Hand willst du?"

Lisas Blick wechselte von Hand zu Hand, dann sagte sie entschlossen:

„Ich möchte lieber die Karte haben."

Motörhead sah ihr ernst in die Augen, dann gab er ihr die Kreditkarte und trat zum Mikrofon.

Der Angeklagte hatte sich in die Hose gemacht und vom Schritt abwärts war die Innenseite seiner Jeans dunkelblau gefärbt. Niemand lachte darüber.

„Angeklagter, du wirst wegen Bauernfrevel zum Tod durch Enthauptung verurteilt. Das Urteil wird sofort vollstreckt. Willst du noch was sagen oder eine Zigarette oder ein Bier oder so was? Oder ein Spiegelei vielleicht?"

Der Angeklagte konnte nicht mehr sprechen, er wimmerte und weinte vor sich hin. Er hatte sich jetzt auch eingekotet. Schleim lief ihm aus dem Mund.

„Tut mir Leid, Mann", sagte Motörhead, „tut mir echt Leid, aber Bauernfrevel ist keine Kleinigkeit." Motörhead wandte sich jetzt wieder an die Leute im Stadion: „Ihr wisst, wie die Dinge bei uns laufen. Seit der ersten Inflationswelle sind wir autonom. Wir wollen nicht hungern, wir wollen keine Sklaven sein und wir wollen nicht für einen Hungerlohn in Scheißbüros rumhängen und E-Mails beantworten, damit wir es uns leisten können, Konservendreck zu fressen. Wir sind freie Männer und Frauen und wir machen unser Essen selbst. Wir brauchen niemanden. Aber das funktioniert nur, wenn keiner klaut, was wir selbst erzeugt haben. Darum wird Bauernfrevel hart bestraft und darum wird dieser Mann gleich tot sein. Habt ihr mich verstanden?"

„Yeah!", rief die Menge sehr synchron.

Günter war kurz davor, sich ebenfalls in die Hosen zu machen. Er sah zu, wie ein großer Holzklotz auf die Bühne gerollt wurde. Der Delinquent wurde mit den Händen um den Klotz gefesselt und der Kopf mit Klebeband fixiert, damit der Scharfrichter mit seiner Axt sauber zielen konnte.

Der Schlagzeuger hielt seine Sticks über den Kopf und machte vier Mal *tick*, um das Tempo anzugeben. Dann setzte die Band ein und spielte in enormer Lautstärke *Highway to Hell* von ACDC. Der Delinquent schrie und heulte in seiner verzweifelten Angst. Der Scharfrichter hob bereits die Axt, als Motörhead plötztlich in den Lärm hinein brüllte:

„Stopp, Stopp!"

Der Scharfrichter ließ die Axt wieder sinken.

„Das mache ich heute selbst!", brüllte Motörhead ins Mikrofon. Die Menge sang jetzt laut den Refrain mit: „Highway to hell, I'm on a Highway to hell...". Motörhead schnallte die Kettensäge ab und mit einem kraftvollen Zug an der Anlassschnur setzte er sie in Gang. Der Lärm im Stadion wurde infernalisch: die Band, die singenden Zuschauer, der schreiende Delinquent, dazu Motörheads Kettensäge, die er auch noch vor das Mikro hielt, als er sie auf Hochtouren brachte. Die Techniker erhellten den Richtklotz mit starken, farbigen Scheinwerfern und tauchten ihn in violettes Licht. Als die Erregung und das Brausen ihr dramaturgisches Maximum erreicht hatte, nässte Günter ein und Motörhead trennte mit einem entschlossenen Schnitt den Kopf vom Rumpf des Delinquenten. Eine Mischung aus Sägespänen, Blut und Knochensplittern spritze vom Richtklotz aus im hohen Bogen von der Bühne ins Publikum.

Unmittelbar nach der Hinrichtung wurde der Leichnam in einen blauen Plastiksack verstaut und von der Bühne geschafft. Die Band spielte weiter und ein Truck mit 10.000 Litern Bier fuhr durch Haupttor ins Stadion ein.

„Is' mir beim ersten Mal genauso gegangen", sagte der ältere von Günters Bewachern, „Is' normal, wenn man dabei mal das Wasser nicht halten kann."

Im Stadion begann eine Mordsparty, der Duft von Marihuana stieg auf, die Band kam in Fahrt, und in allen war der Ehrgeiz erwacht, den 10.000-Liter-Biertruck leer zu trinken. Mann betrachtete das als eine Art Ehrensache den Leuten vom Nachbargau gegenüber.

Gegen vier Uhr in der Früh waren Günters Bewacher hoffnungslos betrunken und niemand interessierte sich mehr für ihn. Er fragte sich, ob er fliehen sollte, dann aber dachte er an den unglücklichen Eierdieb. Wenn auf Eierklauen Tod durch Enthauptung stand, was mochte es dann für Flucht geben? Wettfoltern durch speziell ausgebildete chinesische Ärztinnen unter der wissenschaftlichen Oberaufsicht von Kim? Andererseits waren es nur fünf Kilometer bis zur Autobahn und er hatte immer noch sein Handy in der Socke. Günter entschloss sich zur Flucht, die unspektakulär verlief, weil offenbar alle Leute im Gau – Günter dachte wirklich *Gau* – betrunken waren oder zugekifft. Als er die Autobahn erreicht hatte, rief er seine Frau an, die wiederum die Polizei verständigte. Dort allerdings zierte man sich auf seltsame Art, Günter von der Ausfahrt Eisenhamm abzuholen, allenfalls eine Ausfahrt vorher würde man ihn auflesen, das hätte mit Reviergrenzen und EU-Recht zu tun. Günter musste also den langen Weg bis zur vorletzten Ausfahrt zu Fuß über die leere Autobahn gehen und kam dort erst am nächsten Abend erschöpft an. Er wurde bereits von Polizisten erwartet, die ihn zurück in die Heimat fuhren. Als sie ihn fragten, was geschehen sei, antwortete Günter, dass er Durchfall gehabt habe, und während er auf der Toilette hockte, sei ihm der Truck geklaut worden. Die Polizisten glaubten ihm kein Wort, fragten aber auch nicht weiter nach.

Günter nahm sein normales Leben wieder auf und versuchte, die Ereignisse in Eisenhamm zu vergessen. Er sprach nie darüber. Als allerdings später die dritte Welle begann und die Hartz-9-Gesetze verabschiedet wurden, stahl Günter 50 Liter Benzin und machte sich mit seiner Familie auf den Weg - Richtung Osten.

Promibashing

Das Ganze begann in München in der Kauzingerstraße, als Illa Flower, die eigentlich Martina Kottermann hieß, mit ihrem großen Geländewagen ein Mountainbike demolierte. Es war eigentlich kein richtiger Unfall. Illa wollte einparken, was rückwärts sowieso nie gut klappte, sie hatte getrunken und brauchte mehrere Anläufe. Bei einem davon beschädigte sie ein neues Mountainbike, das sein Besitzer an einen Laternenpfahl gekettet hatte.

Nach dem Abitur war Illa sofort nach Berlin gezogen, hatte etwas Design studiert und auf den richtigen Partys ein paar von den richtigen Leuten getroffen. Dort hatte sie auch ihren Namen geändert und bereits in ihrem ersten Berliner Jahr das Casting für eine Talkshow bestanden. Zwar keine von den ganz großen Talkshows, aber sie fiel auf mit ihrer Schnoddrigkeit und ihrer kleinen frechen nasalen Stimme, mit ihrer ganzen burschikosen Art, der man anmerken konnte, dass sie noch nie ernsthaft gelitten hatte und auch nicht im Mindesten die Absicht hatte, das jemals zu tun. Für den kleinen Lokalsender brachte sie gute Quoten, und durch eine Affäre mit Wandmaker dem Macher erhielt sie später sogar eine kleine Talkshow im ZDF. Das war ihr Durchbruch, allerdings nur für kurze Zeit. Ein Kandidat hatte nämlich beschlossen, entgegen den vertraglichen Vereinbarungen während der Show richtig auf die Sahne zu hauen und leistete sich vor laufenden Kameras einen Ausraster:

„Was glaubst du, wer du bist? Wir machen hier Seelenstriptease und du Schlampe kassierst die Kohle, so läuft das nämlich."

In diesen Sekunden brannten Illas Sicherungen durch, und sie beschloss, den irrationalen Ausraster des Kandidaten ebenso irrational zu kontern:

„Soll ich dir mal zeigen, was ein richtiger Striptease ist? Ja, jaaa, soll ich?"

Und mit wenigen gekonnten Bewegungen zog sie sich aus. Ganz. Die Kameraleute hielten dicht drauf, der Programmdirektor schlug die Hände über dem Kopf zusammen, hatte aber die Geistesgegenwart, das Einspielen des Werbeblocks hinauszuzögern. Quote. Quote, na klar. Und so wurde Illa berühmt. Die großen Tageszeitungen fragten:

Darf eine Moderatorin so etwas tun? Und am nächsten Tag:

Jetzt spricht die *Titty-Talkerin.* Illa war jetzt deutschlandweit bekannt und hieß allgemein die Titty-Talkerin. Die Männer luden sich die bizarre kleine Talkshowpanne hunderttausendfach aus dem Internet auf ihre Computer. Eigentlich war die Szene gar nicht so spektakulär: Eine dreiundzwanzigjährige gutaussehende Moderatorin steht im Studio und zieht sich plötzlich aus. Der Clip wurde trotzdem ein Selbstläufer, so wie die berühmte Trappatoni-Ansprache. Beim Fernsehen verlor sie allerdings ihren Job als Moderatorin, dafür war sie jetzt selbst häufig Gast in Talkshows und verdiente viel Geld mit der Vermarktung ihrer Geschichte.

Aber wieviel ist viel? Es waren insgesamt 600.000 Euro. Dafür kann man sich ein kleines Häuschen kaufen und mit minimalen Ansprüchen ein nettes kleines Leben führen, wenn man zusätzlich noch etwas arbeitet. Illa aber nahm sich einen Finanzberater, einen Kumpel von Wandmaker dem Macher, sie zog von Party zu Party, hing in Clubs rum und flirtete mit berühmten Fußballern. In dieser Partyphase bemerkte sie nicht, dass Wandmakers Kumpel in ziemlichem Tempo ihr Vermögen durchbrachte. Erst als sie während einer schlimmen Grippe einmal vollständig ausnüchterte, stellte sie fest, dass sie im Grunde pleite war. Ihre Situation war unter dem Strich nicht besonders angenehm: weil ihre kleine Ausrasterszene auf zahllosen deutschen Festplatten archiviert war und ihr Gesicht und Busen sich den deutschen Männergehirnen eingeprägt hatten, bekam sie keinen normalen Job mehr, und beim Fernsehen galt sie als unkontrollierbar. Ihre Prominenz hatte sich gegen sie gewandt. Der Gedanke an 400-Euro-Jobs und lange Formulare, die man auf Ämtern ausfüllen muss, verursachte bereits einen depressiven Schatten, der sich zum ersten Mal in ihrem Leben längerfristig aufs Gemüt legte.

Rettung brachte die Liebe in Gestalt des Grafen van Keuthen. Van Keuthen war 49, adlig, stand manchmal auf Seite 5 in der Regenbogenpresse und lebte im Wesentlichen von Zinseinkünften aus dem Vermögen seiner Großeltern. Er galt allgemein als sexbesessener, lebensuntüchtiger Vollidiot mit einem miserablen Händchen bei der Auswahl seiner Verehrerinnen. Aber als die beiden heirateten, schaffte Illa es noch einmal auf die Titelseiten: *Titty-Talkerin heiratet Schmusegraf.* Ihr Leben hätte eine ständige Folge von Dreitageräuschen, sexuellen Eskapaden und Ausstellungseröffnungen sein können, wäre da nicht die blöde Sache mit dem Mountainbike gewesen.

„Pass doch auf,“ sagte van Keuthen, aber da hatte das Heck des Wagens bereits das Mountainbike erfasst. Van Keuthen dachte natürlich nicht an das Fahrrad, sondern an die Kratzer auf seinem schönen, übergroßen Geländewagen, das Generve mit den Reparaturen und das Geld. Ingo, dem das Rad gehörte, dachte ganz anders darüber. Er räumte nämlich bei Lidl die Regale ein und hatte für sein Rad fast ein ganzes Jahr gespart.

Er sah gerade aus dem Fenster, als der große Wagen direkt vor seiner Wohnung beim Einparken sein Rad demolierte, und das machte ihn wütend. So wütend, wie ein 20-jähriger Kerl, der außer dem Lidl-Job nur noch die Besuche im Fitnesscenter und seine DVD-Sammlung hat, eben sein kann, wenn er abends ein paar Bierchen getrunken hat und sich zum zwanzigsten Mal die Highlights von *Kill Bill* ansieht. Er rannte auf die Straße, als Illa gerade zu einer kleinen Fahrerflucht ansetzte.

„Geht's noch?", schrie er und schlug mit der flachen Hand aufs Dach des gerade abfahrenden Autos. Illa sah ihn an. Er stand da in seinen billigen Klamotten und einer Riesenwut.

„Du scheiß Proll", schrie Illa genervt zurück und drückte auf die Bremse. Bis zu diesem Punkt hätte die Situation unter Anleitung eines durchtrainierten Berufspsychologen oder etwas gesundem Menschenverstand noch gerettet werden können. Illa hätte sagen können:

"Sorry, selbstverständlich übernehm' ich die Reparaturkosten", und Ingo hätte sagen können:

"Schon okay, aber das machen wir einfach über die Versicherung."

Aber es kam anders, wie es immer kommt, wenn der gesunde Menschenverstand gerade nicht dabei ist.

„Scheiß Proll, du scheiß Proll," die Talkerin kam in Fahrt und war überrascht von ihrem eigenen Mut. Entschlossen öffnete sie die Wagentür und stürmte hinaus. Sie würde sich schnell warm reden, wie zu Talk-Zeiten, sie würde ihre kokette, coole, abgefahrene Girlieattitüde nutzen, um Supermarktproll Ingo mal so richtig zu zeigen, wo Barthel den Most holt.

„Hör doch auf mit dem Scheiß, komm wieder rein", hörte man van Keuthen aus dem Fahrzeuginneren rufen, aber Illa war nicht der Typ, der vor Lidl-Menschen Angst hatte.

„Pass mal auf, Freundchen, so geht das hier gar nicht, ja?", setzte sie an. Aber sie kam nicht weit, denn Ingo ließ sich auf kein Gespräch ein, sondern schlug Illa hart und ohne Vorwarnung ins Gesicht. Ingo war groß und durchtrainiert, Illa war zart und vom ständigen Saufen nicht gerade in bester Verfassung.

Illa kannte Schlägereien nur aus dem Fernsehen. Dort konnten die Menschen minutenlang aufeinander eindreschen, ohne nennenswerte Reaktionen zu zeigen. Sie hatte niemals körperliche Gewalt erlebt, und neben dem puren Schmerz empfand sie daher so etwas wie Verwunderung über dessen Intensität. Sie hielt sich die Hände vor das Gesicht, stellte fest, dass sie stark blutete und ein Schneidzahn fehlte.

Sie beugte sich vor, heulte laut auf und wollte etwas schreien wie:

„Bist du verrückt geworden?" Aber dazu kam es nicht. Ingo hatte zu einem weiteren Schlag angesetzt, noch gezielter und noch wütender, dieses Mal traf er den Solarplexus. Illa fühlte die heiße Explosion in ihrem Leib und begriff, dass sie zum ersten Male in ihrem Leben in wirklicher Gefahr war. Worte nützen nichts gegen Ingo und Gesten auch nicht.

„Scheiße, was ist das? Hilfe!" Das war so ziemlich das letzte, was sie dachte, denn mit einer weiteren Folge von harten Schlägen löschte er ihr Bewusstsein für immer aus. Wieder und wieder schlug er hart gegen ihren blutenden Kopf, bis sie zusammenbrach, gekrümmt auf dem Bürgersteig lag und ganz leise wimmerte. Ingo zerrte die Schwerverletzte bäuchlings auf die Bordsteinkante, nahm einen kurzen Anlauf und sprang ihr mit aller Kraft auf den Rücken. Er spürte, wie ihr Rückgrat brach. Dann war sie tot.

Van Keuthen hatte das Entsetzen gepackt. Er versuchte, die Zentralverriegelung seines Wagens zu finden, aber er war zu fahrig. Er fingerte nach seinem Handy, wusste aber nicht, wen er anrufen sollte. In der Aufregung hatte er die Belegung der Kurzwahltasten vergessen und die Notrufnummer sowieso. Dann erst fiel ihm ein, dass er nach amerikanischer Art eine Pistole im Handschuhfach aufbewahrte. Zittrig nahm er sie heraus. Niemals hatte er sie benutzt, aber aus dem Wagen kletternd richtete er sie auf Ingo und drückte ab. Das Geschoß streifte Ingo ganz leicht an der Hüfte und besiegelte gleichzeitig van Keuthens Tod. Er hätte vielleicht überlebt, wenn er einfach abgehauen wäre, aber so hatte er Ingo herausgefordert, die Sache zu Ende zu bringen. Ingo schlug mit aller Kraft die Autotür zu, quetschte van Keuthens Arm, öffnete die Tür wieder, zog ihn heraus und hämmerte seinen Kopf gegen den Bordstein; es war alles in allem ein schneller Tod. Ruhig wie die Hauptdarstellerin von Kill Bill ging Ingo heim, trank noch ein Bier und schlief ein.

Es dauerte nicht lange, bis die Polizei erschien und ihn in Untersuchungshaft nahm. Ingo sagte seinen Namen und seine Adresse, sonst schwieg er wie ein Profi. In den Filmen, die er mochte, hatte noch nie jemand durch Labern etwas erreicht.

„Was machen wir aus der Story?" fragte Poldi streng. Poldi war der Chefredakteur der größten Boulevardzeitung und verstand keinen Spaß, wenn es um eine gute Story ging. Der klassische Standardaufmacher hätte lauten können: *Deutschlands beste Talkerin von irrem Sextäter erschlagen!* Das hätte eine ordentliche Schlagzeile gegeben, dann wäre die Sache vergessen gewesen. Die andere Variante bestand darin, Ingo zum in Notwehr handelnden Opfer zu machen:

Reiche Titty-Talkerin fährt betrunken den armen Ingo aus dem Supermarkt an, ihr adeliger Begleiter versucht ihn abzuknallen, als dieser sich beschwert. Mit einer Schusswunde schwer verletzt kann Ingo sich wehren und tötet die Angreifer mit letzter Kraft. Ingo, der arme Märtyrer.

„Das ist zu unglaubwürdig", nervte Sandra Lehner, die stellvertretende Chefredakteurin. „Diese Illa hat seit der Stripteasesache zu hohe Sympathiewerte, gerade bei den Männern. Und die war auch nicht richtig reich. Außerdem ist dieser Ingo absolut nicht der Märtyrertyp."

Sie einigten sich darauf, in einer Reihe wechselnder Aufmacher die Sache pendeln zu lassen und je nach Stand der Ermittlungen mal Illa und mal Ingo zum Opfer zu machen. Gleichzeitig würde sie mit Telefonumfragen die Entwicklung der Sympathiewerte messen. Erst wenn die Ergebnisse Eindeutigkeit signalisierten, würden sie sich in der Redaktion für eine Richtung entscheiden. Es war Ferienzeit, und da brauchten sie eine Story, die sich dehnen ließ. Sandra willigte in dieses Konzept ein und verständigte sich mit den privaten Fernsehsendern, auf dieser Linie mitzuschwimmen: Keine Vorverurteilungen, sondern spannungsgeladenes Begleiten der Untersuchungen.

„Das ist unglaublich, wirklich unglaublich." Sandra Lehner hatte die Ergebnisse der Ted-

Umfragen zwei Wochen nach der Tat erhalten. Sie galt in der Branche als professionell, weil sie sich nie zu sehr auf ihren Bauch verließ, sondern wo immer es möglich war, die Vernunft zu Rate zog. Das hatte sie vor schnellen Fehlschüssen bewahrt und von Kollegen abgehoben, die sich gern auf ihren Riecher beriefen. Außerdem besaß sie die seltene Eigenschaft, sich von Tatsachen überzeugen zu lassen, und die waren in diesem Falle eindeutig: 50% der Männer und 73% der Frauen sympathisierten mit Ingo und hielten ihn für das Opfer. Das hatte sie nicht erwartet. Immerhin hatte ein Hüne von Mann eine wehrlose Frau totgeschlagen. Sie wunderte sich darüber, dass sie auch nach Jahren in der Redaktion noch stark daneben liegen konnte, wenn es um die Prognose der öffentlichen Meinung ging. Aber wenigstens war jetzt ihre Linie empirisch abgesichert: Ingo wurde zum Opfer stilisiert und damit basta.

Die ganze Geschichte mit Illa und Ingo wäre dann doch nach und nach in Vergessenheit geraten, hätte es nicht diesen Event in Pirna bei Dresden gegeben. Ein Musiksender hatte dort eine Show veranstaltet und den berühmten schwarzen DJ Dr. Groove dazu eingeladen. Der brachte ein paar coole Sprüche, Videos wurden eingespielt und eine lokale Girl-Band spielte. Insgesamt war es eine gelungene Veranstaltung, und die PR-Leute des Senders freuten sich über leicht zu machende Punkte. Der Skandal ereignete sich erst am Schluss der Veranstaltung, als der berühmte schwarze DJ seine Autogramme verteilte. Ein paar Mädchen waren ganz wild darauf und umringten ihn, aber dann mischten sich große, kräftige Jungs in die Menschentraube, die sich um ihn gebildet hatte. Zuerst waren es fünf, zum Schluss fast dreißig von ihnen. Anfangs pöbelten sie ein bisschen, dann schubsten und drängelten sie, bis die Security-Leute nervös wurden, denn davon gab es nur drei.

Dr. Groove hatte Sicherheitsleute nie gemocht, sie waren uncool und außerdem war Dr. Groove ungemein beliebt. Plötzlich verlor einer von ihnen die Nerven. Er vergaß alles, was man ihm während der Schulungen über Deeskalation beigebracht hatte und drückte einem der Lokalnazis einen Elektroschocker ins Gesicht. Als der aufschrie, wurde aus der Rangelei eine handfeste Prügelei, und dann eine Hinrichtung. Diese Brutalität war das eigentlich Neue in den letzten Jahren vor der großen Volte. Die Jungs in ihren dunklen Jacken hatten plötzlich Baseballschläger mit Nieten an den Enden, und mit wenigen Hieben hatten sie die Security-Typen erledigt. Zwei, drei wirklich harte Hiebe mit so einem Ding, mehr hält ein Mensch nicht aus. Erstaunlicherweise überlebte Dr. Groove querschnittsgelähmt. Nie wieder war etwas von ihm zu hören, er verweigerte selbst Interviews mit dem führenden Girliemagazin.

Ganz ähnlich erging es Dr. Mertens von der Regierungspartei, als er eine Rede über den Neuaufbau Ost und die Fehler der Vergangenheit halten wollte. Auf dem kleinen Marktplatz im Osten waren zwar viele Sicherheitsleute postiert, sie waren gewarnt von den Ereignissen um Dr. Groove, aber sie hatten nicht damit gerechnet, dass wirklich große Teile der Zuhörer außer Kontrolle gerieten.

Es begann mit Eierwürfen. Den ersten beiden konnte Dr. Mertens geschickt ausweichen und dachte, damit gut gepunktet zu haben. Er freute sich schon auf die 20-Uhr-Nachrichten, vielleicht würde es sogar ein Live-Interview mit ihm geben. Er würde in der Nachrichtensendung auf dem Videoschirm im Hintergrund eingeblendet werden und die Fragen des Nachrichtensprechers souverän beantworten. Und er würde sagen, dass er und seine Partei sich nicht von ein paar Eierwerfern aus dem Konzept bringen ließen.

Aber bereits das dritte Ei traf ihn am Kopf, und es tat sehr weh. Wütend schaute er auf die Sicherheitsleute, aber die hatten die Werfer noch nicht ermittelt. Die Einschläge wurden dichter, offenbar gab es nicht nur vereinzelte Werfer, sondern ein Gutteil der Zuhörer musste sich vorher ordentlich mit Eiern eingedeckt haben.

Die Sicherheitsleute hofften insgeheim, dass die interessierten Zuhörer und Dr. Mertens Fans die Eierwerfer aus eigener Kraft zur Raison bringen würden, aber das war ein Irrtum. Zwar hatten ihnen die Soziologen auf den Schulungen tausendmal erklärt, dass der Mob, auch wenn er aus braven Bürgern besteht, einzelne Aufrührer immer als Unterhalter und nicht als Gegner wertet, aber so richtig hatten sie es dem kleinen intellektuellen Soziologen nicht geglaubt. Die Sicherheitsleute trauten ihren Augen nicht, als sie sahen, dass auch ältere Damen warfen, zwar ungenau und mit verminderter Wucht, aber sie warfen. Mertens wurde nervös, hielt aber tapfer an seinem Konzept fest. Er würde sich so schnell nicht aus der Ruhe bringen lassen, allenfalls sein Jackett wechseln. Als ihn aber ein weiteres Ei mit voller Wucht erwischte, trat er vom Rednerpult zur Seite hinter einen kleinen Vorhang, und ließ den Sicherheitschef kommen.

„Was ist das für eine Scheiße? Warum kriegt ihr das nicht unter Kontrolle?"

„Es sind zu viele, ich hab so etwas noch nie gesehen". Der Sicherheitschef war aufgeregt.

„Vielleicht sollten wir die Sache abbrechen", schlug er vor, obwohl er wusste, dass Mertens nicht darauf eingehen würde. Eine Rede wegen ein paar Eierwerfern abzubrechen, dafür würden die Kollegen aus der Bundestagsfraktion wenig Verständnis haben.

Mertens wurde sauer: "Sehen Sie zu, dass Ihre Leute diese Idioten hier wegschaffen. Und, dass das ganz klar ist: wenn Sie das nicht schaffen, war das Ihr letzter Job für unsere Partei."

„Okay," sagte der Sicherheitschef, „aber ich gebe Ihnen vorsichtshalber ein Handy mit Vibrationsalarm. Wenn Sie es spüren, treten Sie sofort von der Bühne ab und gehen hinten raus, okay?"

Mertens fand das gar nicht *okay*, aber er nahm widerwillig das Handy. Der Sicherheitschef hatte trotz der Angst um seinen Job ein gutes Gespür für brenzlige Situationen, und das hier war brenzlig.

Dr. Mertens trat wieder ans Rednerpult. „Wir Demokraten werden uns niemals, und ich sage niemals, von ein paar eierwerfenden Gegnern der Freiheit...", weiter kam er nicht, denn es traf ihn ein hart geworfener Stein vor die Brust. Er begriff jetzt, dass er sehr schnell abtreten musste, dazu brauchte er kein Handy mit Vibrationsalarm. Der Sicherheitschef hatte seine Leute mittlerweile angewiesen, in die Menge zu gehen, aber die verweigerten den Auftrag.

„Das ist doch Wahnsinn, Boss", war deren einziger Kommentar gewesen, und der Boss hatte dafür durchaus Verständnis:

„Okay, wir gehen hinter die Bühne und bringen Mertens raus, und dann nichts wie weg aus diesem Drecknest." Dr. Mertens freute sich darauf, nun ganz sicher in die Tagesthemen zu kommen, trotz der schmerzenden Brust und der Atemnot. Im hinteren Teil der Bühne war er etwas sicherer vor den Wurfgeschossen, und gleich schon würde er in seinem gepanzerten Wagen sitzen und ein Bier trinken und sich überlegen, wie man aus dieser Sache positiv Kapital ziehen konnte.

„Publicity ist ein Eigenwert", dachte er. Auch waren dieses seine letzten Gedanken, denn als er hinten von der Bühne abtreten wollte, erwartete ihn dort bereits eine Meute aus aggressiven jungen Männern. Einer davon zog eine Pistole und schoss Dr. Mertens in den Kopf. Es war ganz eindeutig eine Exekution.

„Unauffällig weg hier, jeder für sich, die Aktion wird abgebrochen," flüsterte der Sicherheitschef seinen Leuten über Funk ins Ohr. Und ganz unauffällig entkamen sie auch. In den Abendnachrichten war die Hölle los, von Terrorismus war die Rede, und es gab eine große Sondersendung.

Kurz darauf rief Poldi bei Sandra Lehner an: „Wir müssen uns unbedingt noch mal sehen, was da draußen läuft, ist nicht ganz normal, evtl. brauchen wir für morgen einen komplett neuen Aufmacher."

Sandra Lehner wusste, dass Poldi richtig lag, denn sie hatte die Ted-Umfragen nach dem

Anschlag auf Dr. Groove ausgewertet. Seltsamerweise gab es in der Bevölkerung nur wenig Mitleid mit ihm, obwohl er früher sehr beliebt gewesen war. Nur die Girls unter 16 waren traurig, der Rest der Bevölkerung war indifferent oder zeigte zu 20 % offene Häme, was für Telefoninterviews nicht üblich ist.

Sie trafen sich um 22 Uhr im Cafe *Passt scho*, Sandra Lehner trank Mineralwasser und Poldi genehmigte sich einen altmodischen Cognac.

„Hatten wir noch nie," sagte Poldi, „drei fette Gewaltverbrechen in einem Monat. Sieht ja aus wie regelrechte Hinrichtungen."

„Diese Idioten vom ZDF-Spezial!" Sandra Lehner war wirklich beeindruckt von so viel Dummheit. „Konstruieren einen Zusammenhang mit dem internationalen Terrorismus. Dabei waren das doch offensichtlich Nazis und irgendwelche Verlierer, die jetzt durchdrehen."

„Na ja", Poldi war verunsichert, „dieser Ingo war offenbar kein Nazi, sondern ein netter Kerl aus dem Supermarkt. Und das war in München, nicht in der sächsischen Schweiz."

„Aber Terrorismus können wir ausschließen, jedenfalls islamischen Terrorismus", sagte Sandra Lehner, aber sie war mit dieser Feststellung nicht zufrieden. Beide ärgerten sich auch, dass sie diesen Ingo zum Opfer gemacht hatten, jetzt lagen sie damit falsch. DJ Groove und Dr. Mertens, das waren Hinrichtungen, ausgeübt von einem bösartigen Mob, den man unmöglich als Opfer darstellen konnte. Sie mussten also von ihrer Linie abweichen, was der Auflage eigentlich nie guttat.

„Dir ist klar, dass wir für morgen noch einen anderen Aufmacher brauchen?", Poldi kam wieder zur Sache.

„Wie wär's mit...?", Sandra Lehner überlegte.

Menschenjagd in Deutschland, wer ist der nächste? lautete die Schlagzeile des nächsten Tages, und darunter waren Fotos von möglichen Folgeopfern ziemlich willkürlich nebeneinander gestellt. Die Auflage war eine der besten des ganzen Jahres. Poldi und Lehner waren sehr zufrieden.

Die Stimmung im Land war angespannt, etwa wie vor einem WM-Endspiel. Während Deutschland auf das nächste Opfer wartete, verbesserte sich die Konjunktur der Sicherheitsfirmen. Auch Promis, die eigentlich nicht richtig berühmt waren, dachten jetzt über Personenschutz nach und die richtigen Promis machten sich darüber Sorgen, dass der Personenschutz bei den letzten beiden Morden kläglich versagt hatte. Und viele wurden sich darüber klar, dass Bewachung zwar funktionierte, wenn fünf Sicherheitsmänner einen Politiker gegen einen Amateurterroristen verteidigen, aber niemals würde er zur Verteidigung gegen eine wütende

Menge ausreichen und wahrscheinlich ebenfalls nicht gegen professionelle Attentäter.

Nach dem Anschlag auf Dr. Mertens blieb es für eine Woche ruhig, und gerade als die deutsche Öffentlichkeit zur Tagesordnung übergehen wollte, überschlugen sich die Ereignisse. Es erwischte der Reihe nach einen bekannten Sport-Reporter, einen bekannten Wirtschaftsjuristen, einen Fernsehpastor und eine Serienschauspielerin, alles binnen zehn Tagen. Es waren Morde mit dem Charakter von Hinrichtungen. Es gab gezielte Kopfschüsse aus Präzisionsgewehren, Mord durch Handfeuerwaffen aus nächster Nähe, sogar heimtückische Schüsse mit Armbrüsten. Oder den Opfern wurde durch Banden aufgelauert, die sie lynchten. Das Land geriet in eine hysterische Ausnahmestimmung, nun vergleichbar dem August vor dem Ersten Weltkrieg.

Wer ist der Nächste? fragten die Zeitungen erneut, und: *Warum tut die Polizei nichts?* Zwar wurden in den Sondersendungen immer wieder potentielle Täter präsentiert, es gab heiße Spuren, die zu ausländischen Terrornetzwerken führten, aber jeder neue Mord führte eine vergangene Theorie ad absurdum.

Eine weitere Eskalationsstufe entstand, als es den Sprecher der Tagesthemen selbst erwischte:

Kopfschuss durch eine Präzisionswaffe. Ein Video der Exekution zirkulierte bereits am nächsten Tag im Internet. Es zeigte, wie der berühmte Sprecher beim Verlassen des Studios mit einem plötzlich erscheinendem dunkelroten Fleck auf der Stirn in sich zusammensackte. Überhaupt begann das Netz allmählich zu glühen. Viele Internetseiten befassten sich mit der Frage nach dem nächsten Opfer, und es kursierten Verschwörungstheorien. Einige clevere Websitebetreiber boten bei hohen Einsätzen Wetten auf das nächste Opfer an. Und die Opfer kamen reihenweise: Der beste deutsche Boxer wurde von seinen eigenen Security-Leuten erschlagen, beim Mord an einer bekannten Pornodarstellerin waren nachweislich Polizeibeamte beteiligt, ein Fernsehjournalist, der gerade Leute in einer Einkaufsstraße interviewte, wurde von den Menschen, die er eigentlich befragen wollte, spontan ermordet. Am nächsten Tag kursierte wieder ein Video in professioneller Qualität im Internet. Es zeigte ganz normale Leute, wie sie den Journalisten umringten, ihm ein Kabel um den Hals legten, an der nächsten Ampelanlage aufknüpften und dann nach Hause gingen.

„Das ist das Spannendste, Abgefahrenste, was ich je in meinem Leben gesehen habe, es ist durchgeknallt, Angst einflößend, es ist bizarr und gefährlich!" Wenn Poldi nicht direkt auf eine Lösung kam, probierte er gern lange Ketten aus Adjektiven.

„Ich finde kein Muster, und die Ted-Leute finden ebenfalls keins", sagte Sandra, und sah dabei noch ziemlich professionell aus. „Was ich meine, ist, es gibt keine halbwegs homogene Tätergruppe und auch keine homogene Opfergruppe. Es gibt nur den Willen zum Killen."

„*Willen zum Killen...* klingt gar nicht so schlecht", sagte Poldi, „aber ein bisschen zu unspezifisch."

Später saß Sandra vor ihrem Laptop und verfolgte die Nachrichten über die neuesten Verbrechen. Sie überflog die Websites mit den Wetten auf die nächsten Opfer und sah sich die grässlichen Hinrichtungsvideos an. Eines davon zeigte, wie die bekannte Leiterin eines Kinderhilfswerkes in einer eigens dafür rekonstruierten mittelalterlichen Folterkammer langsam und bestialisch zu Tode gefoltert wurde. Sandras Hände zitterten, als sie mit dem Mauszeiger über den Bildschirm fuhr, und bevor sie hemmungslos weinen musste, klickte sie das abscheuliche Video weg. Wie in Trance sah sie über ihren Laptop hinweg und beobachtete, wie das Faktotum Doc H. gerade im großen Meetingraum die Entkalkungsfilter der italienischen Kaffeemaschine wechselte.

Doc H. war ein arbeitsloser Soziologe und hielt gegen ein Minigehalt die Redaktionsräume in Ordnung. Gelegentlich veröffentlichte er kleine

Aufsätze in einer unbedeutenden Soziologiezeitschrift mit einer Auflage von 500 Exemplaren. Er feilte oft monatelang an den Formulierungen, auch wenn seine Texte fast niemand las. Aber wer sollte auch Aufsätze mit Überschriften wie *Rekursion als Beobachtungsinstrument bei der Rekonstruktion der Reflexionsgeschichte funktionaler Differenzierungstheorien lesen?*

Doc H. galt als ziemlich schräg, seit man sein selbstgebautes Stövchen aus einer halbierten Konservendose und etwas Rosendraht entdeckt hatte. Er war allerdings auch ein Intellektueller, auf den Poldi zuweilen zurückgreifen musste, wenn er oder sonst jemand aus der Redaktion einen schwierigen akademischen Sachverhalt nicht verstand. Dann fungierte Doc H. als Lexikon, eine Art Luxusausgabe von *Wikipedia.* Vor ein paar Wochen zum Beispiel hatte in der ganzen Redaktion niemand gewusst, was eigentlich Poststrukturalismus war, jedenfalls nicht genau. In solchen Fällen wurde Doc H. ins Meeting eingeladen, um einen Teil der Welt zu erklären und die mangelnde Belesenheit des Redaktionsteams zu kaschieren. Er durfte dann eine für seine Verhältnisse recht großzügige Rechnung schreiben und war für einen ganzen Monat saniert.

Sandra Lehner war Doc H. aus mehreren Gründen suspekt. Er war zwar ein intellektuelles

Schwergewicht, und dennoch nach herkömmlichen Maßstäben vollkommen erfolglos. Er war der einzige Mann, der ihr geistig überlegen war. Und er dachte stets lange nach, bevor er etwas sagte. Sie hingegen argumentierte blitzschnell und benutze ihre vorformulierten Sätze wie Waffen. Ihr gefiel auch seine Raucherei nicht. Nicht nur, dass er rauchte, sondern dass es ausgerechnet Selbstgedrehte sein mussten, im Jahr 2011, über vierzig Jahre nach Woodstock. Sie hielt das für schrullig bis degoutant und verstand nicht, dass Doc H. damit einfach auf billige Art seine Sucht stillte, nichts weiter.

Er hantierte gerade im Konferenzraum mit der Kaffeemaschine und rauchte. Das war gegen die Regeln, aber alle Raucher in der Redaktion freuten sich darüber, weil sein Gerauche ihnen eine Ausrede lieferte, wenn sie sich selbst gelegentlich eine ansteckten. Noch schockiert von dem entsetzlichen Foltervideo, betrat Sandra den Konferenzraum.

„Was ist los da draußen, Doc H.? Warum bringen sich die Leute um?", fragte sie mit ehrlichem Interesse an seiner Meinung.

Doc H. nahm die Zigarette aus dem Mund:

„Ist ein Seitenproblem funktionaler Differenzierung, eine Neuordnung der Konfliktlinie zwischen Identität und Differenz."

„Hör auf mit deinem Soziologengequatsche!", gab Sandra giftig und genervt zurück. „Was ist da los? Haben wir Revolution oder so was?"

„'tschuldigung", sagte Doc H.. Er vergaß nicht, dass Sandra ihn jederzeit feuern konnte.

„Mal im Ernst", sagte sie, „ich habe eben ein entsetzliches Video gesehen. Warum tun sich die Leute so etwas an? Wo ist das Muster? Mal sind die Mörder Terroristen, dann wieder Polizisten. Dann ist es ein Mob, dann wieder ein Einzeltäter. Die Opfer sind rechts oder links, Politiker oder Models, das gibt doch alles keinen Sinn!"

„Doch", antwortete Doc H., „es gibt ein System dahinter, ein ziemlich einfaches sogar."

„Komm, wir setzen uns", schlug Sandra vor. Es war eine bizarre Situation. Die erfolgreiche Redakteurin und der anerkannte Verlierer des Büros nahmen an dem viel zu großen Konferenztisch platz, um die Weltlage zu erörtern. Doc H. holte Kaffee und drehte sich sehr sorgfältig eine neue Zigarette. Sandra schwirrten noch immer die bestialischen Bilder durch den Kopf.

„Ach, ihr Journalisten. Ihr seid immer auf der Suche nach Einzelereignissen, die ihr groß herausbringen könnt. Dabei verliert ihr manchmal den Überblick."

„Los, dann verschaff mir mal den Überblick!"
Bedächtig nahm Doc H. einen Schluck Kaffee und zündete sich seine makellose Selbstgedrehte an:

„Im Grunde hast du schon Recht, es ist eine Revolution da draußen, aber eine mit vollkommen veränderten Fronten. Die Leute sind sauer, und seit der zweiten Inflationswelle müssen selbst einige Mittelschichtler leiden. Erinnerst du dich noch an die Hungersnot in Süditalien und die Bilder von den Leichenverbrennungen auf dem Domplatz? Die Wut bei denen ist maßlos. Gleichzeitig sind die Leute durch das Fernsehen pervers geworden. Aber das eigentlich Spannende ist, dass hier nicht die Armen gegen die Reichen kämpfen, sondern die Nobodys gegen die Promis."

„Wie meinst du das?", fragte Sandra.

„Pass auf, Revolutionen liefen bisher immer nach dem gleichen Muster ab: Irgendwann trieben es die Herrschenden zu bunt, dann stand das Volk auf und brachte sie um. Aber jetzt gibt es keine Herrschenden mehr, jedenfalls keine offensichtlichen Könige und Kaiser. Die Leute da draußen nehmen nur wahr, dass ein System, das sie nicht durchschauen, sie in die Mangel nimmt. Aber jetzt kommt die Pointe: Das System erscheint nur durch eure Medien. Verstehst du? Die Leute nehmen die Welt durch's Fernsehen und durch's Internet wahr, und darum glauben sie, dass die Promis aus den Medien die Verursacher ihrer Misere sind. Die verstehen das System nicht und kennen auch nicht die wirklichen Strippenzieher, die sind einfach sauer auf alle, die sie aus den Medien kennen. In der französischen Revolution haben sie den Adel umgebracht, jetzt bringen sie die Promis um. Und glaub mir, die werden jeden erwischen, jeden. Das ist das ganze Muster."

„Und wann legt sich dieser Schwachsinn wieder? Hast du dazu eine Theorie?"

„Schwer zu sagen", antwortete Doc H., „wenn das in diesem Tempo weitergeht, dauert es vielleicht noch ein, zwei Jahre, bis sie alle Promis erledigt haben, aber das ist nur über den Daumen gepeilt."

Sandra überlegte, wie eine Welt ohne Promis aussehen würde. War das überhaupt vorstellbar? Wie sollte dann das Fernsehen funktionieren?

„Sag mal, Sandra, ist dir schon mal was beim Radiohören aufgefallen?"

„Nö, wieso?"

„Die sagen keine Namen der Moderatoren und Sprecher mehr an. Und das Fernsehen geht zunehmend dazu über, alte Filme mit Schauspielern zu zeigen, die längst gestorben sind."

„Ja, stimmt, jetzt wo du es sagst."

Doc H. und Sandra saßen noch lange an dem großen Konferenztisch und fantasierten über eine Welt ohne Promis. Nach der Revolution würde sich alles verändern. Jeder würde dann versuchen, so unauffällig wie möglich zu leben. Sie stellten sich eine stille Welt vor, in der niemand den Mund aufmachen würde, außer er hätte wirklich etwas zu sagen. Und sie dachten an ein Fernsehen, das nur alte Schwarz-Weiß-Filme senden würde, und wo die Nachrichtensprecher Masken trügen. Nach und nach wurde das Gespräch heiterer. Zum Schluss überboten sie sich mit albernen Visionen. Sandra schlug vor, die Karnevalszeit auf das ganze Jahr auszudehnen und alle Leute auf die Namen Martin und Martina umzutaufen. Aber dann unterbrach Doc H.:

„Du, ich muss hier jetzt mal weitermachen."

Doch Sandra hatte den Tag bereits abgeschrieben.

„Wollen wir nicht ein Bier trinken gehen?"

Schlagartig war die ganze Heiterkeit, die sich so mühsam aufgebaut hatte, bei Doc H. wieder verflogen. Er wurde still und überlegte noch länger als sonst. Verlegen räumte er Zigarettenpapier und Tabak zusammen.

„Hör mal", sagte Sandra, „ich hab lediglich gefragt, ob wir ein Bier zusammen trinken, nicht ob du mich heiraten willst!"

Doc H. schwieg noch immer und sah Sandra melancholisch an.

„Was ist denn? Komm schon!", quengelte sie.

„Nein", sagte er langsam und entschieden, „wir gehen kein Bier trinken."

„Wieso, was hast du denn? Ach so, ich bezahl' auch."

„Hör mal, tut mir echt Leid, aber du bist ein reinrassiger Promi."

Sandra fühlte den Mob auf der Straße und begriff ganz langsam, dass es Zeit wurde, ein Vaterunser aufzusagen.

Auge um Auge 2018

„Ein könn' wir noch, ein könn' wir noch, ein könn' wir noch vertragen", sang der Präsident zur Melodie von *O Tannenbaum*, und weil er der Präsident war, sangen die anderen verhalten mit. Die anderen, das waren die First Lady, der Verteidigungsminister Dick Wilkerson und Myriel Rosenzweig, die neue Leiterin des State Departement. „Los", schnauzte der Präsident seine Gattin an, „hol mir noch ein Bier."

„Hol es dir doch selbst!", schnauzte sie zurück. Auch die Gattin war einem guten Tropfen gegenüber nicht abgeneigt, aber sie trank bedächtiger und polterte nicht so herum, wenn sie einen sitzen hatte.

„Wetten, ich trau mich vom Balkon zu pinkeln?" Der Präsident wankte schon ein wenig, als er sich ein neues Bier holte.

„Wenn du das machst, dann...", aber die First Lady kam nicht dazu, eine angemessene Drohung zu formulieren, denn der Präsident setzte fort:

„Hoover hat auch vom Balkon gepinkelt!"

„Nein, Sir, ich glaube es war Harding, und es war auch eine andere Zeit." Wilkerson versuchte zu beschwichtigen, denn wenn der Präsident und seine Lady einen richtigen Streit vom Zaun brechen würden, könnte er nie sein Anliegen vortragen. Er brauchte die beiden in einem halbwegs aufgeräumten Zustand.

„In den Zwanzigern gab es auch keine hochauflösenden Kameras, die den Balkon des Weißen Hauses rund um die Uhr aufzeichnen. Wenn du da rausgehst und runterpinkelst, bist du geliefert. Und dass Harding es gemacht hat, ist nicht mehr als ein Gerücht."

Die First Lady klang vernünftig. Der Präsident verzichtete auf seine Mutprobe, und als er die Toilette aufgesucht und sich ein wenig frisch gemacht hatte, wirkte er wieder klarer.

„Sir, haben Sie von den Ereignissen in Deutschland gehört?", Myriel Rosenzweig versuchte, dem Gespräch eine politische Wendung zu geben.

„Ja", antwortete der Präsident „diese verdammten Deutschen sind immer für eine Überraschung gut. Zuerst explodiert ihnen dieser Atomlaster und ein ganzer Landstrich im Osten wird unbewohnbar. Dann nisten sich dort die Anarchisten ein, bilden einen Staat im Staat, so eine Art Nazi-Hippie-Kommune, und jetzt schlachten sie die Regierung ab."

„Nein, nicht die Regierung, sondern die Prominenten, alle VIPs!", berichtigte Myriel Rosenzweig den Präsidenten. „Die Revolution in Deutschland wendet sich nicht gegen die Regierung, sondern gegen alle Leute, die irgendwie in den Medien präsent sind, die Zeitungen nennen es Promibashing."

„Fürchten Sie eigentlich nicht, dass diese Welle zu uns herüberschwappt?" Wilkerson versuchte weiter, das Thema einzuorden. Er wollte genau den richtigen Zeitpunkt und die richtige Stimmung erwischen, um zusammen mit Myriel sein Anliegen vorzutragen. Dafür mussten sie erst den Boden bereiten.

„Nein, das befürchte ich nicht, denn erstens liegen zwischen uns und den durchgeknallten Deutschen zum Glück 6.000 Kilometer Wasser, und zweitens haben wir eine funktionierende Terrorabwehr." Der Präsident wirkte jetzt nicht mehr so betrunken, aber die First Lady machte ein finsteres Gesicht. Wenn der Präsident sich beim Thema Terror festbiss, konnte er sich in Rage reden und unangenehm werden. Viele Milliarden Dollar hatte er in die Terrorbekämpfung gesteckt, aber es gab kaum vorzeigbare Erfolge, und das konnte ihn die Wiederwahl kosten.

Myriel und Wilkerson sahen sich an. Die beiden mochten sich auf eine kollegiale und professionelle Art. Myriel war eine pragmatische Jüdin und die erste Frau als Chefin des State Departement, Wilkerson war als Verteidigungsminister nicht einer von den typischen Armeebetonköpfen, sondern ein geschmeidiger Harvard-Absolvent, der wegen seiner kreativen Ergüsse gefürchtet und bei den Generälen nicht sonderlich beliebt war. Einen *wahnsinnigen Pragmatiker* hatte die Washington Post ihn einmal genannt und damit sicher nicht ganz falsch gelegen. Wilkerson und Rosenzweig waren bereits vor Monaten überein gekommen, dass die Terrorbekämpfung der USA auf völlig unzureichenden Voraussetzungen basierte und suchten seitdem einen Weg, den Präsidenten von einem Strategiewechsel zu überzeugen. Dieser gemeinsame Abend im Oval Office würde eine hervorragende, aber wahrscheinlich auch die letzte Gelegenheit dazu sein, denn die Wahlen waren nicht mehr weit.

„Genau darüber wollte ich mit Ihnen sprechen", sagte Myriel und zog sich einen giftigen Blick der First Lady zu, die ein paar frische Biere holen ging und sich selbst einen Gin genehmigte.

„Wir sind der Auffassung, dass unsere Anti-Terror-Strategie komplett falsch ist, aber wirklich komplett." Wilkerson nahm einen großen Schluck Bier, weil der letzte Satz ihn Mut gekostet hatte.

„Hören Sie mir mal zu, Sie Klugscheißer, wir haben alles gemacht, aber auch alles, was man machen kann, um eine vernünftige Anti-Terror-Strategie zu entwickeln. Wir haben fünf Thinktanks mit den besten Leuten parallel arbeiten lassen. Wir haben Computersimulationen mit den abgefahrensten Computern gemacht, Strategiediskussionen mit den Militärs,

Geheimdienstberichte, all das Zeug. Wisst ihr, was wir sogar gemacht haben? Wir haben Leute darangesetzt, die verrückten deutschen Systemtheoretiker zu übersetzen, sogar unbedeutende Soziologen haben wir auswerten lassen. Ich kenne jetzt Namen wie Doc H., ein vollkommen irrer deutscher Tintenpisser, und Sie wollen mir sagen, ich hätte meine Hausaufgaben nicht gemacht?" Der Präsident war sauer, und für Myriel und Wilkerson wurde die Situation brenzlig, auch wenn sie den Präsidenten jetzt beim Thema festgenagelt hatten.

Der Präsident war jetzt wieder ganz Präsident der Vereinigten Staaten und nahm seinen Profi-Tonfall an: „Okay, Wilkerson, Myriel, Sie haben zehn Minuten, mir Ihren Scheiß zu erklären, aber wenn Sie mir mit so einer Defensiv-Theorie kommen, sind Sie Ihren Job los."

Myriel und Wilkerson sahen sich wieder an, Myriel konnte besser sprechen, und der Präsident war gewohnt, eher auf Frauen zu hören.

„Auge um Auge. Auge um Auge, Zahn um Zahn, so steht es in der Schrift, Mr. President, und daran sollten wir uns auch halten. Unser Fehler drückt sich bereits in unserer Wortwahl aus: Wir nennen es *war against terrorism*, Krieg gegen den Terrorismus. Wir führen also Krieg gegen Terroristen, aber wir sollten besser Terror gegen Terroristen einsetzen. Unser Fehler besteht darin, dass die Terroristen irgendwo im

Nahen Osten ein Auto in die Luft jagen, und wir schicken eine Armee hin. Das ist asymmetrisch und vor allem teuer. Allein dieser Irakscheiß kostet uns täglich eine Milliarde Dollar, das sind fast Tausend Schulen pro Tag oder zehn große Krankenhäuser. Tausend amerikanische Schulen können jeden Tag – Sir, jeden Tag – nicht gebaut werden, nur weil wir unsere Armee für diese Vollidioten verheizen. Dazu kommt noch Afghanistan und all die anderen Militärbasen und die Trägerflotte. Nein, wir sollten unsere Armee zurückholen und nach dem Prinzip Auge um Auge, Zahn um Zahn verfahren. Wenn die durchgeknallten Araber ein amerikanisches Auto sprengen, jagen wir einen arabischen Bus in die Luft, wenn sie ein amerikanisches Haus beschädigen, pulverisieren wir eine Moschee, wenn die einen amerikanischen Geschäftsmann entführen, entführen wir einen Bus voll hübscher schwarzhaariger Fatimas. Die Terroristen versetzen uns einen Nadelstich, gut, dann versetzen wir denen ebenfalls einen Nadelstich, oder eben zwei. Wir haben damals den Krieg gewonnen, weil wir besser Krieg führen konnten als Hitler. Und wir werden den Terrorismus besiegen, weil wir besser Terrorismus können als diese blöden Kameltreiber. Gegen Krieg hilft nur besserer Krieg, und gegen Terrorismus hilft besserer Terrorismus. So sollten wir verfahren, und mit den gesparten Finanzmitteln Amerika wieder aufbauen."

Der Präsident hatte aufmerksam zugehört und ein grimmiges Gesicht gemacht. „Aber Myriel, bei allem Respekt vor Ihren Leistungen, und, das betone ich, bei allem Respekt vor dem Alten Testament: Wir sind doch eine Kulturnation, eine Demokratie, mein Gott, wir sind eine Zivilisation, wir können doch nicht Busse voller arabischer Schulmädchen entführen. Wenn wir so etwas machen, geben wir doch genau die Werte auf, die wir verteidigen." Der Präsident glaubte wirklich an die Dinge, die er soeben gesagt hatte. Er nahm einen kleinen Schluck Bier, als Wilkerson sich ins Gespräch einschaltete.

„Wir werden in keinem Fall selbst Terrorakte ausführen, Mr. President, sondern der CIA wird zwei, besser noch drei bis vier verschiedene Untergrundorganisationen gründen, von denen die Regierung sich energisch distanziert. Die Regierung wird diese Untergrundorganisationen offiziell hart bekämpfen und behält so immer eine weiße Weste. Und wir gründen deshalb gleich mehrere Organisationen, damit Verwirrung entsteht und es nicht nach verdeckten CIA-Operationen aussieht. Wichtig ist, dass diese Organisationen völlig durchgeknallte Namen erhalten und völlig wirre Ziele auf ihre Fahnen schreiben. Eine könnte z. B. OWASWS heißen."

„Was soll den OWASWS heißen?", fragte der

Präsident, der sich allmählich mit dem Gedanken anzufreunden schien.

„OWASWS heißt natürlich Organisation zur Wiederherstellung des alten Südens und zur Wiedereinführung der Sklaverei."

Die First Lady musste lachen und prustete in ihr Glas.

„Haben Sie noch mehr davon?", fragte sie.

„Klar!" Wilkerson war jetzt in bester Laune. Er hatte Monate auf diesen Moment gewartet.

„Die GBCRF zum Beispiel ist die Gesellschaft zur Befreiung der Computer von religiösem Fanatismus. Oder wie wäre es mit der AEBF, das ist die Armee zur Einführung der Bikinipflicht für Frauen, oder z. B. die LGK, das ist die Liga gegen den Koran."

Die Gattin des Präsidenten kicherte vor sich hin und Myriel konnte sehen, dass der Präsident mit dem Gedanken schwanger ging.

„Das klingt cool", sagte der Präsident, „ziemlich cool, ich werde darüber nachdenken. Aber sagen Sie mir eines, Myriel, warum sind mir solche Vorschläge noch nie aus unseren Thinktanks vorgelegt worden? Die haben doch jedes verdammte Szenario durchgespielt. Es kann doch nicht sein, dass eine kleine Jüdin kommen muss, mir die Bibel erklärt und eine völlig neue Strategie vorschlägt!"

„Mr. President", antwortete Myriel, „einige Leute in den Thinktanks haben dieses Szenarium schon vor Jahren durchgespielt, aber sie konnten sich gegen die christlichen Fundamentalisten und die Armeegeneräle nicht durchsetzen. Niemand ist bisher mächtig genug geworden, um bis zu Ihnen zu gelangen und diese Strategie ernsthaft vorzuschlagen."

Der Präsident war aufgestanden und hatte für alle neues Bier geholt:

„Ist schön kalt", sagte er, „und jetzt ist es aber genug mit der Scheißpolitik. Ein könn' wir noch, ein könn' wir noch, ein könn' wir noch vertragen. Los, singt mit!"

Normalerweise reichten dem Präsidenten fünf halbe Liter Bier, um seinen Job wenigstens zeitweise zu vergessen. Aber nachts, kurz vor dem Einschlafen, meldete sich die Last der Verantwortung noch einmal zurück. Als die First Lady die Nachttischlampe angeknipst hatte, sagte der Präsident:

„Diese kleine Jüdin ist cool, oder?"

„Ja, die hat mehr Mumm als die ganzen scheiß Generäle zusammen!"

„Meinst du, wir sollten das durchziehen?" Das war der Moment, an dem die First Lady Weltgeschichte schrieb. Sie strich mit ihren schlanken Fingerspitzen ganz sanft über sein Haar:

„Das kommt darauf an. Wenn du in die Geschichte eingehen willst, so wie Jefferson, Truman oder Roosevelt, dann musst du es machen."

Der Präsident hatte tatsächlich die neue Strategie des Terrors gegen den Terror angewandt, aber sie funktionierte nicht. Wilkerson und Myriel Rosenzweig hatten sich geirrt. Aus der Strategie der kleinen Nadelstiche wurde die Strategie der großen Nadelstiche, und die mündete in die Strategie der absolut vernichtenden Nadelstiche.

Als die Liga zur Einführung der Bikinipflicht für Frauen den Drei-Schluchten-Staudamm in China sprengte, um ein Zeichen für den Frieden zu setzen, gerieten die Dinge außer Kontrolle, und die Nadelstiche wurden fortan mit Wasserstoffbomben geführt. Die gute alte Tante Evolution sagte zu ihrer Schwester Emergentia: „Mist, das war schon wieder nichts. Aber macht nix, wir haben ja Zeit."

Gewinner dieses ganzen Schlamassels war eine Spezies, die bisher ziemlich defensiv operiert hatte: die Pandabären. Die Schwestern Evolution und Emergentia hatten nämlich beschlossen, diesmal nicht auf aggressive Fleischfresser zu setzen, sondern auf genügsame, kuschelfreudige und meditative Vegetarier, und das war die Stunde der Pandas. Ein paar hunderttausend Jahre nach der großen Volte sah man sie überall unter hohem Bambus sitzen und gemütlich die jungen Triebe mampfen. Die Pandagesellschaft profitierte außerdem von den Vorzügen eines sehr gemäßigten Sexualtriebes, so dass es zwar ziemlich viele Pandas gab, aber eben nicht zu viele.

Das Experiment läuft heute noch, und die beiden Schwestern sehen recht entspannt aus.